Der Fremde

„Von den Jahren vor dem Zweiten Weltkrieg über die Nachkriegszeit bis heute reicht der geschichtliche Rahmen der vielgestaltigen Erzählungen."

Aus dem Vorwort zur ersten Auflage 2009

„Vom Fremdsein zum Verschwinden bewegen sich die kurzweiligen Erzählungen von Wolfgang Hachtel. Dass der Leser sich, wie es scheint plötzlich, auf Schauplätzen zwischen Neuland und (Selbst-)Mord wiederfindet, liegt am Erzählstil, der mit unerwarteten Verstrickungen die zunächst auf die psychologische Entwicklung der Protagonisten bedachten Geschichten mit gesellschaftlichem Geschehen subtil durchsetzt. Und gerade letzteres ist es, das die Figuren zu ihren Handlungen antreibt, die beispielsweise in der Erzählung *Fräulein Wagners Ende* auf den ersten Blick rätselhaft wirken. Doch der Autor wirft einen zweiten, aufklärenden Blick auf die Geschichte und überrascht dabei. Geisterhaft wirkt der Abgang der Protagonisten oftmals und das Ereignete bleibt hinter einem zarten Schleier der Unergründlichkeit zurück. In der Erzählung *Der Fremde* beispielsweise nimmt eine sich anbahnende Liebesgeschichte ein trauriges Ende, der Fremde ist zugleich Täter und Opfer; die Zurückbleibende, untröstlich über diese Tatsache, wird selbst zu einer Fremden und wandert aus. Der Erzähler verschränkt jeweils die Perspektive des Fremden mit der der Einheimischen, die sich dadurch gleichfalls fremd fühlen können, und gestaltet das Verhältnis von Täter und Opfer innovativ in jeder Geschichte."

Josefin Dohrer, Lektorin, Berlin

„Die Kurzgeschichten sind überaus spannend und trotzdem lebensnah."

Hans G. Trüper, Universitätsprofessor, Bad Godesberg

„Die Geschichten sind mitten aus dem Leben gegriffen."

Albert Föckeler, Diplom-Ingenieur, Bonn

„Die Kurzgeschichten sind allemal kurzweiliger als manches andere, was ich zu lesen bekommen habe."

Diedrick Menzel, Universitätsprofessor, Bonn

„Von der Vita der Protagonisten bin ich nicht wieder losgekommen. Die subtile Art des Autors ist wirklich erstaunlich. Es ist umwerfend, wie er eindrucksvoll, feinnervig und mit prägnanten Worten den Figuren der Kurzgeschichten Leben einhaucht, den Leser verzaubert und in Bann schlägt! Ich hätte nie vermutet, dass ein Professor der Botanik zu einem phantastischen Geschichtenerzähler und Meister der deutschen Sprache mutiert." *Rolf Deyhle, Geschäftsmann, Stuttgart*

„Den Erzählband habe ich mit großem Vergnügen gelesen."

Berthold Schwemmle, Universitätsprofessor, Tübingen

„Die Geschichten sind spannend und in schöner Sprache geschrieben." *Lieselotte Diemert, Lehrerin, Düsseldorf*

„Die Novellen erinnern mich – auch in ihrer sprachlichen Qualität – stark an einen meiner Lieblingsautoren, Stefan Zweig. Glückwunsch!"
Wilhelm Barthlott, Universitätsprofessor, Bonn

Wolfgang Hachtel, 1940 in Stuttgart geboren, studierte Naturwissenschaften, promovierte 1971 und habilitierte sich 1982. Er ist seit 1989 Professor für Botanik an der Universität Bonn und Autor zahlreicher fach- und populärwissenschaftlicher Artikel, u.a. in *Planta, Plant Physiology, Plant Science, Protist* und *Molecular and General Genomics* bzw. *Spektrum der Wissenschaft* und *Biologie in unserer Zeit*. Gegenwärtig hat er einen Lehrauftrag für Biologische Meereskunde.

2009 erschienen acht Erzählungen unter dem Titel *Der Fremde und andere Erzählungen*, die nun in einer zweiten, überarbeiteten Auflage vorliegen. 2010 folgten *Als Wessi in der DDR – Reisen und Begegnungen, Erinnerungen zwanzig Jahre nach dem Ende des anderen deutschen Staats*, und der Roman *Die Söhne der Indios*. 2011 ist mit *Grenzen, überall* soeben ein weiterer Band Kurzgeschichten und Erzählungen erschienen.

Wolfgang Hachtel

Der Fremde

und andere Erzählungen

Bibliografische Information der Deutschen Nationalbibliothek

Die Deutsche Nationalbibliothek verzeichnet diese Publikation in der Deutschen Nationalbibliografie; detaillierte bibliografische Daten sind im Internet über http://dnb.d-nb.de abrufbar.

© 2009 Wolfgang Hachtel

ISBN 978-3-8391-7367-1

2. überarbeitete Auflage 2011

Satz und Umschlaggestaltung:

Wolfgang Hachtel

Herstellung und Verlag:

Books on Demand GmbH, Norderstedt

ISBN 978-3-8423-6849-1

Inhalt

Penelope

Seit Mutter fort war, führte Betty, die Tochter, den Haushalt des Dorflehrers. Sie war jetzt knapp zwanzig Jahre alt und mit Paul verlobt. Betty hatte nur die Dorfschule des Vaters besucht; einen Beruf konnte sie nicht lernen, musste sie doch schon früh die verstorbene Mutter ersetzen. Wenn sie an ihre Mutter dachte, wurde sie immer noch traurig, weil sie die Mutter vermisste, aber auch deshalb, weil die Gestalt ihrer Mutter in ihrer Erinnerung mehr und mehr verblasste, verschwommener und undeutlich wurde. Wie hatte die Mutter gesprochen, wie hatte ihre Stimme geklungen? Wie hatte sie gerochen, wie hatte sie sich bewegt? Wie hatte es sich angefühlt, von der Mutter gestreichelt, von ihr geküsst zu werden? Sie wusste es nicht mehr. Hatte sie es vielleicht nie richtig gewusst?

Nun war es Paul, an den sie ihre stärksten Gefühlsbindungen geknüpft hatte. Sie war fünfzehn, gerade aus der Schule, als sie Paul kennen lernte. Er hatte das Lehrerseminar hinter sich und war als Hilfslehrer ihres Vaters bei ihnen im Schulhaus eingezogen. Er war ihr Beschützer, Verehrer, Spielfreund geworden. Von ihm erfuhr sie

Aufmunterung, Trost, Zärtlichkeit. Mit ihm war sie vergnügt und manchmal wild. Er stillte ihre Wissbegier. Als er auf die Universität ging, um weiter zu studieren, fragte er sie. „Ja", sagte sie, „ich will auf dich warten."

Dann war Paul weit weg, lange, sie wusste nicht einmal genau wo. Der Name der Stadt sagte ihr nichts. Sie dachte oft an ihn. Er fehlte ihr sehr.

Nach zwei Jahren Kartographie-Studium kam er zurück, küsste sie und verabschiedete sich gleich wieder für eine Weile in die deutsche Kolonie in Südwestafrika, wo er weiße und schwarze Kinder unterrichtete und in der Wüste Namib Forschungen anstellte.

Wieder zurück, war er oft lustlos und schlecht gelaunt. Sie hatten eigentlich heiraten wollen. Sie wollte immer noch heiraten. Wenn er gerade keine Bücher über ferne Länder und Entdeckungsreisen verschlang, saß er herum und langweilte sich. Er konnte sich zu nichts entscheiden. Es war zwischen den beiden nicht mehr wie früher, etwas schien sich zwischen sie geschoben zu haben. Manches Mal war er aber auch ganz der Alte, fröhlich, draufgängerisch, kraftvoll, charmant, strahlend, liebevoll. Dann wusste Betty doch wieder, dass und warum sie ihn liebte.

In diese Zeit platzte ein Telegramm der Geographischen Gesellschaft zu Berlin. Die Herren dort fragten Paul, ob er Sven Hedin, den berühmten Asienforscher, auf einer Expedition begleiten wolle. Die Expedition sollte von Peking über Baotou zur Mongolei und in die

Wüste Gobi führen. Er lebte auf. Seine Antwort stand schon fest, kaum dass er das Telegramm gelesen hatte. Bevor er zwei Wochen später in den Postbus stieg, der ihn zur Bahnstation brachte, sagte er: „Vielleicht werde ich berühmt, jedenfalls mache ich etwas Nützliches. Wartest du auf mich?"

Nun wartete sie wieder. Was sollte sie auch sonst tun in dem abgelegenen Landstrich im Nordosten von Württemberg, wo es nur ungebildete Bauernburschen gab, ein paar reiche Brauereibesitzer, die keine arme Schluckerin zur Frau wollten, und verarmte und dennoch hochnäsige Landadelige?

Frieder, Bettys Bruder, hatte mit knapper Not das Lehrerexamen geschafft, wollte aber nicht Lehrer sein. Er war seit Kindestagen kränklich, hatte ein schwaches Herz, mochte sich, konnte sich nicht anstrengen. Später hatte er offene Beine mit ständigen Entzündungen. Er hing zuhause herum, las Bücher und Zeitungen. Er erlebte die Welt im Kopf, in seiner Phantasie. Kitschige Gedichte schrieb er auch. Ständig bedrängte und tadelte ihn sein Vater; der hielt ihn für einen Simulanten und Faulenzer, beklagte seinen Mangel an Ehrgeiz und seine seltsamen Ansichten, seine ewigen Träumereien.

Der Vater schleppte Frieder immer mal wieder mit in die Schule, wenn kein Hilfslehrer da war. Frieder sollte dann aufpassen, dass die Großen ihre Aufgaben ordentlich erledigten, während der Vater sich die Kleinen vornahm. Im Dorf riefen die älteren Kinder schon mal ein Spottwort hinter ihm her, mehr trauten sie sich nicht wegen des Alten.

Karl war nun der neue Hilfslehrer, als Ersatz für Paul. Frieder war froh, dass er da war; nun konnte der Vater *den* kritisieren, nun musste *der* seine Reden und Moralpredigten anhören, seine Meckerei über die Regierung, die Politik, das Wetter, die Preise, die aufmüpfigen Arbeiter in den Städten, überhaupt den ganzen Sumpf dort, über die Frauen, die jetzt auch einen Beruf erlernen und ausüben wollten, nicht mehr nur Hausfrauen sein und Kinder großziehen.

Am Sonntag musste nun Karl den Blasebalg der Orgel in der Kirche treten, wenn der Vater im Gottesdienst spielte, *der* musste im Kirchenchor mitsingen und die Noten für die Sänger bereit legen. Und wenn er das mal vergaß oder beim Treten einschlief, sodass keine Töne mehr kamen, dann kriegte jetzt Karl die Wut des Alten ab.

Karl sah Betty im Sommer zufällig beim Baden im See, sie hatte nur wenig an. Seither war er hinter ihr her, himmelte sie an, wollte mit ihr zum Tanz auf die Dorffeste gehen. Seine Absichten waren klar. Der Vater mäkelte zwar an ihm herum, er sei ungeschickt, ein Trottel, zur Not hielt er ihn aber trotzdem für eine gute Partie für seine Tochter und einen geeigneten Nachfolger als Lehrer im Dorf. Denn der Paul, der war ja schon so lange fort und weit weg, der kam nicht wieder; das hoffte Karl und befürchtete der Vater.

Betty versuchte, Paul vor ihr inneres Auge zu rufen. Sie sah seine hochgewachsene, schlanke Gestalt, sein schmales Gesicht, die klugen Augen, die oft leicht amüsiert dreinblickten, aber oft auch ernst und durchdringend schauten. Wenn er eine charmante Bemerkung gemacht hatte, zog er die rechte Augenbraue hoch und verzog den Mundwinkel zu einem spöttischen Lächeln. Sie sah die Abenteuerlust aus seinen Augen sprühen, wenn er Pläne für die Zukunft machte. Sie liebte den Duft seiner Zigaretten, seine eleganten Knickerbocker-Hosen, die blanken Schuhe und gut geschnittenen Jacketts, seine früh sich abzeichnenden Geheimratsecken.

Mit Paul konnte sich keiner vergleichen, schon gar nicht Karl.

Karl machte Betty Geschenke noch und noch, Blumen, Schokolade, Pralinen. Er schenkte ihr einen Armreif, der so gar nicht ihren Geschmack traf, ein Parfum, das sie nicht mochte, Taschentücher zu jeder Gelegenheit. Er beglückte sie mit schmachtenden Gedichten und Sprüchen, die er auf kleine Zettel schrieb und ihr vor dem Essen heimlich unter den Teller schob. Er machte Komplimente über ihr blendendes Aussehen, ihr wundervolles Haar, das hübsche Kleid, die zierlichen Schühchen, den vollkommenen Busen.

Zwei Jahre waren nun seit Pauls Abreise vergangen. Im ersten Jahr waren gelegentlich Nachrichten eingetroffen, ein Brief, Funksprüche, ein Telegramm, die sie bei der Poststation in Empfang nahm. „Wir sind ein gutes Team", ließ er sie wissen. „Wir haben interessante Entdeckungen gemacht, Du wirst staunen. Wir haben die Wüste Alaschan erforscht und kartiert. Die Fahrzeuge bereiten uns gelegentlich Probleme, Wasser ist manchmal knapp. Es gibt Schwierigkeiten mit den einheimischen Führern und Helfern, immer wieder Streit mit den Bewachern, die uns zu wenig Bewegungsfreiheit geben wollen."

Ein fiebriger Infekt war umgegangen, Paul hatte Verdauungsschwierigkeiten gehabt und stark abgenommen. Er vermisse sie sehr, er träume von ihr, sie versüße seine Träume. Alles was er entdecke, entdecke er für sie. Sie sei der Grund für seinen Überlebenswillen. Er hatte Sorge, dass die Europäer von einem der Nomadenstämme, die Partisanenkriege gegen die Regierung führten, als Geißeln genommen würden, um ihre Forderungen durchzusetzen. Die Handvoll Soldaten, abkommandiert zu ihrem Schutz, war vor kurzem verschwunden.

Dann nichts mehr.

Betty fand nach und nach andere Aufgaben, außerhalb der Haushaltsführung für sich und die drei Männer. Mit älteren Schülerinnen ihres Vaters und jüngeren Frauen, auch aus den Nachbardörfern, veranstaltete sie im Winter regelmäßige Leseabende: neue Romane, Lyrik, Dramen wurden gelesen. Im Sommer sangen sie zusammen und gingen an den Sonntagen gemeinsam spazieren. Dabei lernten sie die Wildpflanzen kennen, die Singvögel, Kriechtiere und bunten Schmetterlinge. Ihr Vater, der ihr den baldigen Schiffbruch mit diesem Zirkel prophezeit hatte, musste sich widerwillig eingestehen, dass seine Tochter das gut machte. Nun, kein Wunder, sie war ja seine Tochter! Er hatte sie nicht auf eine weiterführende Schule schicken können, aber er hatte sie vieles gelehrt, ja, eigentlich fast alles, was er selbst wusste, und das war nicht wenig.

Der Druck auf Betty wurde immer größer. Man sagte, sie solle doch akzeptieren, dass Paul nicht zurück komme, dass er verschleppt worden sei, dass er nicht mehr am Leben sei.

Und da war ein Kerl in ihrer Nähe, der Karl, der sie anbetete, heiraten wollte, sie auf Händen tragen würde. Ihre jüngere Cousine hatte schon geheiratet, ebenso ihre Freundin; die kriegte schon das erste Kind. Und Betty wurde älter.

Nun hatte auch ihr Bruder Frieder von Heirat gesprochen, der Verräter. Er, der sich mit Paul angefreundet hatte, glaubte auch nicht mehr an dessen Rückkehr. „Er wird im Sandsturm umgekommen sein, Partisanen haben ihn erschossen, er ist verdurstet oder verhungert", meinte Frieder. Sie antwortete ihm nur: „Ich liebe Karl nicht." Dem Vater das zu sagen vermied sie.

Dann, zu Ostern, verkündete Betty ihrer Familie und den Freunden überraschend, sie werde Karl übers Jahr, am Ostersonntag, heiraten, wenn von Paul bis dahin kein Lebenszeichen gekommen sei. Sie sagte es unter Tränen.

Alle spürten, nur Karl vielleicht nicht in seiner Verliebtheit, dass sie es anders wünschte.

Wie rasch verging dieses Jahr. Lebenszeichen von Paul gab es keine. Ostern stand vor der Tür. Vorbereitungen wurden getroffen, ein Brautkleid gekauft. Gäste waren geladen. Der große Saal im Gasthaus Zum Bären wurde festlich geschmückt, ein Musiker und Unterhalter wurde bestellt, für reichlich Speis und Trank sollte gesorgt sein. Karl erstand Ringe und für sich einen neuen Anzug. Er war überglücklich.

Da wurde Betty von Panik ergriffen. Sie wusste, wenn sie jetzt nichts unternimmt, ist ihr Schicksal entschieden. Aber sie konnte doch nicht Karl heiraten! In aller Herrgottsfrühe zog sie sich an, packte ein paar Sachen ein. Die anderen schliefen noch, alles war ruhig. Sie nahm ihr Fahrrad, verließ das Haus durch die Tür zum Garten und verschwand zwischen den Bäumen. Wo aber sollte sie hin? Sie konnte nicht zu ihren Verwandten, nicht zu ihren Freundinnen, alle hatten sich gegen sie verschworen. Da fiel ihr Gertrud ein, eine Freundin ihrer Mutter, die im nahen Städtchen lebte. Sie hatten einander immer gern gehabt, aber in den letzten Jahren aus den Augen verloren; der Vater konnte Gertrud nicht leiden.

Gertrud war völlig überrascht. Was machte Betty denn hier? Heute sollte doch ihre Hochzeit sein. Aber sie verstand Betty, sie nahm sie auf. Betty schrieb ihrem Vater ein paar Zeilen, damit er wenigstens wusste, wo sie war, dass sie sich nichts angetan hatte.

Betty war unglücklich wie vielleicht noch nie in ihrem Leben. Sie wusste nicht mehr, was richtig war und was falsch. Sie grübelte, sie weinte, sie haderte mit Paul, mit sich selbst, mit ihrem Geschick.

Zwei Tage später stand der Vater vor der Tür, er war hochgradig erregt, stritt sich mit Gertrud, die versuchte, ihn zu beschwichtigen. Er verlangte, seine Tochter zu sehen und mitzunehmen. Betty weigerte sich standhaft. Er hielt ihr vor, was sie Karl und ihm angetan habe, was das für eine Schande sei, im Dorf zerrissen sie sich die Münder. Er drohte ihr, er wollte sie zwingen.

Als er in seinen wilden Reden eine Pause einlegte, sagte sie knapp und entschieden, sie könne Karl niemals zum Manne nehmen, Versprechen hin oder her. Karl sei einfältig; nichts, absolut nichts fände sie an ihm, ja, er ekle sie an. „Dann bleib doch, wo der Pfeffer wächst. Meine Tochter bist Du nicht mehr!" Noch nie hatte Betty den Vater so wütend gesehen.

Einige Tage später kam der Vater zurück. Sie erkannte ihn nicht wieder. Schon von weitem rief er laut ihren Namen, ein übers andere Mal. Es klang freudig, gar nicht mehr zornig. Er hatte neue Nachricht, gute Nachricht, eine Nachricht von Paul!

Peking, Palmsonntag 1929

Meine Betty, meine liebste!

Von allen Sorgen, die ich mir gemacht habe, sind die meisten eingetroffen. Wir sind in einen schrecklichen Sandsturm geraten. Ich bin fast verdurstet. Ich war sehr

17

krank. Einige meiner Kameraden sind umgekommen. Inzwischen geht es mir besser. Jetzt bin ich in Peking. Morgen fahre ich nach Hongkong und schiffe mich nach Europa ein. Wir waren sehr erfolgreich, ich habe vieles Neue entdeckt, was vor mir noch niemand (kein Europäer) gesehen hat. Wir haben das Geheimnis des Lob nor *gelüftet.*

Wann werde ich Dich wiedersehen, Dich in meine Arme schließen? Ich sehne mich nach Dir. Hab noch Geduld. Es wird bald sein.

Mit lieben Grüßen

Dein Paul

Betty verließ ihre Zuflucht. Im Dorf wusste man die Neuigkeit schon. War Betty eine Hellseherin, hatte Gott ihr ein Zeichen gegeben? Welch glückliche Fügung. An Karl dachte niemand mehr.

Dann aber wieder nichts. Nichts als Warten, Warten. Endlich kam eine Nachricht, aus Hamburg.

Meine liebste Betty!

Bin in Hamburg angekommen. War schwer seekrank. Das war fast so schlimm wie in der Wüste. Würde am liebsten sofort nach Hause kommen und Dich wiedersehen, muss aber erst nach Berlin. Die Geographische Gesellschaft, die unsere Expedition finanziert hat, will, dass ich zuallererst einen Kurzbericht über die Reise schreibe, zusammen mit Professor Günter.

Der Präsident der Gesellschaft will mich sprechen, vom Reichspräsidenten und vom Kanzler soll ich em-

pfangen werden. Die Vorstände der Lufthansa wollen mit uns konferieren. Ich soll gleich einen Vortrag halten, man will mich auf große Gesellschaften einladen. Zeitungen wollen Interviews mit mir machen.

Schon wieder bin ich krank, krank vor Sehnsucht nach Dir. Am liebsten würde ich nur gleich Dich sehen, mein süßes Herz, meine liebe Freundin. Aber es geht nicht. Bitte hab etwas Geduld. Es wird noch einige Wochen dauern.

Dein baldiger Ehemann

Paul

Hab etwas Geduld! Hatte sie nicht schon so viel Geduld gezeigt? Und sie sollte, wo er doch schon so nah war, sich weiter gedulden? Konnte der Bericht nicht noch eine Woche warten, eine Woche, in der er kommen würde, in der sie sich endlich wiedersehen könnten? Nein, es ging nicht, sie wurde noch nicht einmal gefragt. Sie war so enttäuscht wie in den ganzen Jahren zuvor nicht. Nun konnte sie auch nachfühlen, wie sehr sich Karl von ihr verletzt gefühlt haben musste, als sie ihn am Tag der Hochzeit verließ.

Es kamen noch weitere Briefe aus Berlin. Sollte sie antworten? Sie hätte ihn gern durch Ignorieren bestraft, aber noch lieber wollte sie ihm schreiben. Also schrieb sie zurück. Paul berichtete ihr über den Fortgang seiner Arbeit. Das Schreiben seines Berichts schien ihm keinerlei Freude zu bereiten, ja, ihm eine Qual zu sein, er schien es zu hassen. Aber man verlangte es von ihm.

Lieber hätte er sich wieder den Gefahren des Abenteuers ausgesetzt. Besser schien ihm zu gefallen, dass er in Berlin allmählich ein bekannter Mann war, man bewunderte ihn, man schmeichelte ihm. Aber er musste jetzt die Partys und Vergnügungen absagen, das verlangten Professor Günter und die Geographische Gesellschaft, sonst wäre es mit dem Bericht nicht voran gegangen. Und er hatte einen Termin für die Fertigstellung bekommen.

Pauls Liebesschwüre fingen an, sich formelhaft zu wiederholen. Irgendwann kam Betty der Gedanke, eine andere Frau könnte im Spiel sein. Sollte sie ihn in Berlin aufsuchen? Dazu war sie zu stolz. Seine Briefe wurden seltener. Er entschuldigte das mit der vielen Arbeit, mit der er überhäuft sei.

Plötzlich war er da, im Dorf. Er hatte sich nicht angemeldet. Es sollte eine Überraschung für Betty werden. Er kam zurück, wie er weggefahren war, mit dem Postbus, nur jetzt ohne großes Gepäck. Das sollte nachkommen. Er hatte unauffällig kommen wollen. Als er ausstieg, erkannte ihn sofort einer. Im Nuh kamen andere Leute hinzu, die ihn überschwänglich begrüßten. Da war er nun, der bekannteste Mann, den die Gegend je hervorgebracht hatte! Mit Jubel brachte ihn der kleine Zug zum Lehrerhaus.

Da stand sie nun in der Tür, Betty, in Hauskleid und Schürze. Sie sah ihn mit Unglauben, mit Überraschung, und mit einem Mal stieg die ganze Enttäuschung in ihr

20

auf. Er stürzte auf sie zu, wollte sie in die Arme schließen, er war voll Sehnsucht nach ihr.

Da knallte sie ihm die Tür vor der Nase zu. Sie zitterte, das Herz schlug ihr bis zum Hals.

Scheiß auf Penelope!

Wie Paul diesen ersten Abend in der Heimat verbrachte, wusste er am nächsten Morgen nicht mehr genau. Er wachte in einem Gastzimmer auf, es war der einzige Gasthof in der Nähe, im Nachbarort. Es hieß, er habe Bier gesoffen bis zum Überlaufen. Er fühlte sich miserabel.

Nach dem Frühstück bekam er Besuch, Frieder. Zuerst redeten sie Belangloses, über das Dorf, seine Bewohner, was sich verändert hatte, was geblieben war wie früher. Dann kamen sie zum Wesentlichen. Paul wollte wissen, was mit Betty war. Fühlte sie sich von ihm im Stich gelassen, hatte sie ihn aufgegeben, wollte sie ihn nicht mehr? Verstand sie ihn denn nicht, sah sie denn nicht, dass er so hatte handeln müssen?

„Nein", sagte Frieder, „meine Schwester versteht das alles nicht mehr; jahrelang hat sie an dich geglaubt, an deine Liebe, deine Rückkehr zu ihr. Sie liebt dich immer noch. Aber jetzt müsse alles von vorne beginnen, meint sie, ihr müsstet euch neu kennen lernen, du müsstest um sie werben wie früher."

Am nächsten Tag stand Paul erneut vor der Tür des Lehrerhauses. Er hatte sich fein gemacht, Anzug, Krawatte, er brachte Blumen, hatte ein Geschenk. Der Vater öffnete, umarmte ihn, sagte, wie schön es sei, wie er sich freue, dass Paul wieder da ist, nach so langer Zeit. Er bat ihn ins Haus, in die gute Stube, bot ihm Zigaretten an, einen Schnaps. „Du bist ja immer noch der Verlobte meiner Tochter, so kann man das doch sagen, auch wenn ihr damals keine Ringe getauscht habt. Und jetzt will ich meine Tochter holen."

Paul und Betty verlebten glückliche Wochen. Tagsüber schrieb er oft an seinem ausführlichen Buch über die Expedition. Am Abend waren sie zusammen, sie redeten, hatten sich viel zu erzählen. Sie kochte für ihn. Er wurde wieder kräftiger. Sie streiften durch die Natur. Sie liebten sich, sie heirateten – endlich. Ihr erstes Kind kam auf die Welt, ein Junge, Heinz. Nun gehörte Paul ihr, ganz, glaubte sie.

In der kleinen Stadt war eine feste Lehrerstelle frei geworden, sie schlug ihm vor, sich dort zu bewerben, er hätte gewiss die besten Chancen, bei seiner Bekanntheit, seinem Ansehen. Sie hoffte, er würde zustimmen.

Er glaubte, sie nicht richtig verstanden zu haben. Es sei doch viel zu früh, sich schon dauerhaft irgendwo niederzulassen. Sie war enttäuscht. Er träumte von neuen Abenteuern. Frieder, nun sein Schwager, träumte mit ihm. Das Buch war fertig, er reiste für Wochen in die Reichshauptstadt und kam mit neuen Plänen zurück. Sie erschrak zutiefst. Wollte er sie etwa wieder zurücklassen, allein, mit dem zweiten Kind im Bauch?

Die neuen Pläne zerschlugen sich erst einmal.

Paul nahm die Lehrerstelle an, sie zogen um. Doch unterrichten, faule oder unbegabte Kinder, die eingezwängt auf alten Holzbänken saßen, auf denen schon ihre Eltern und Großeltern die Kindheit zugebracht hatten, in muffigen Räumen, der Rhythmus des Daseins bestimmt durch das Läuten der Pausenglocke, das war nicht nach Pauls Geschmack. Er war zutiefst unglücklich, er litt. Hiergegen waren die Qualen des Dursts und des Hungers in der Wüste leicht zu ertragen gewesen. Dort war er frei, hier fühlte er sich geknechtet. Dort hatte auf ihn eine große Aufgabe gewartet, hier war alles Routine, Langeweile. Sollte er hier den Rest seiner Tage verbringen?

Und Frieder stachelte ihn an. Wovon er selbst nur phantasierte, das sollte sein Freund und Schwager vollbringen. Er habe doch eine Verantwortung für die Wissenschaft, für Deutschland, flüsterte Frieder ihm ein.

Die Familie war um Helmut weiter gewachsen, ein drittes Kind war unterwegs. Wenige Jahre verheiratet, und schon drei Kinder! Paul brauchte Betty nur mit Lust anzusehen, schon war sie schwanger. Und er hatte solche Lust auf sie!

Er konnte sich nicht beklagen, er hatte die beste Frau, die er sich wünschen konnte. Sie liebte ihn, mehr denn je. Was wollte er mehr vom Leben? Doch er fühlte sich eingeengt, auch von ihr. Und was war, wenn die Familie weiter wuchs? Er machte sich Sorgen. Wie sollte er alle satt bekommen, wie sie groß ziehen?

Seine Frau wünschte sich Kinder, jedes Kind band ihn enger an sie, das war ihre Hoffnung. Und jedes Kind würde eine Erinnerung an ihn sein, wenn sie ihre Hoffnung einmal hatte begraben müssen.

Eines Tages zog Paul seinen Schwager ins Vertrauen. Er habe ein Schreiben aus Berlin bekommen. An höherer Stelle in der Reichsregierung wolle man ihn sprechen. Es sei eine Expedition in die nordwestlichen Provinzen Chinas geplant, mit Unterstützung der Chinesen, unter der Schirmherrschaft von Chiang Kai-shek, dem Präsidenten, persönlich. Es gäbe Pläne beider Staaten für eine direkte Fluglinie von Berlin nach Peking. Die Flugzeuge würden die riesige Entfernung nicht ohne Zwischenlandung und ein Auftanken überbrücken können. Eine Expedition durch Xinjiang nach Urumtschi und in den nördlichen und östlichen Bereich des Tarimbeckens solle klären, ob in diesen Gebieten eine Flugbasis errichtet werden könne, vielleicht im Gebiet des Lob nor, den schon Sven Hedin erforscht hatte.

Die benötigten Gelder kämen von der Deutschen Lufthansa Aktiengesellschaft, wahrscheinlich aber indirekt von der Regierung. Die Sache solle aber nach außen als ein ziviles Unternehmen erscheinen. Frieder war zufrieden, Paul hatte Feuer gefangen, es zog ihn schon mächtig in die Ferne.

Im Hotel Vierjahreszeiten im Zentrum des Städtchens quartierten sich zwei neue Gäste ein. Der eine war ein elegant gekleideter Herr mit tadellosen Manieren, der den einheimischen Dialekt nicht gut verstand, geschweige denn sprach, und dennoch ein etwas herablassendes Getue an den Tag legte. Der andere war ein asiatisch aussehender Fremder mit Schlitzaugen in schlichter Kleidung, der überhaupt nicht Deutsch konnte, der aber dennoch außerordentlich liebenswürdig und höflich auftrat.

Und mit wem trafen sich diese Herren? Mit dem Lehrer Paul, dem bekannten Forschungsreisenden selbstverständlich. Das konnte hier nicht geheim bleiben, das wurde auch der Frau Lehrerin hinterbracht. Die hielt nicht still: er sage ihr nicht die Wahrheit, er lüge sie nachgerade an, er plane doch ein neues Abenteuer, da könne er sagen was er wolle! Er antwortete ausweichend. Aber wenn sie ihn ausdrücklich darum bitte, dann lasse er die Finger davon, dann bleibe er da, sagte er. Sie bat ihn darum.

Aber Betty begnügte sich damit nicht. Sie suchte die fremden Herren auf, sie erklärte ihnen, dass ihr Mann diesen Ort, seine Familie nicht verlassen werde, nur über ihre und der Kinder Leichen.

Wurde sie ernst genommen?

Paul jedenfalls tobte und kroch zu Kreuze, abwechselnd. Er war wütend auf Betty und geknickt seiner selbst wegen. Die Herren reisten wieder ab. Paul bat seine Frau um Verzeihung, weil er dabei gewesen war, seine Gelübde zu brechen. Sie verzieh ihm. Sie war ganz wild darauf, ihm ihre Liebe zu beweisen, ihm zu zeigen, was er ihr bedeutet. Sie hoffte, dass Gras über die Sache wüchse.

Monatelang tat sich nichts Neues. Paul war sichtlich unzufrieden, mürrisch, er lies seinen Unmut an den Kindern aus, den eigenen und den fremden. Er verweigerte manchmal das Essen. Die Schule hatte er satt, satt, satt.

Dann sagte er Betty, er wolle seine Stelle aufgeben, das Haus verkaufen, mit der ganzen Familie in das Haus seiner Eltern ziehen. Er brauche Zeit, über sein Leben nachzudenken, er sei jetzt knapp über dreißig, er wolle sich darüber klar werden, was er in den nächsten dreißig Jahren anfange. Sie war fassungslos. Doch sie erkannte: er wollte seine Bindungen lockern, die Familie versorgt wissen, damit er jederzeit weg konnte. Nein, das stritt er ab, das wolle er nicht, das habe absolut nichts mit neuen Expeditionsplänen zu tun.

In der nächsten Zeit kümmerte sich Paul um Versicherungen, Vermögensanlagen, ein Testament. Das war etwas ganz Neues. Betty wusste nicht, was sie davon halten sollte. Das alles war ihr fremd. Aber wenn Paul meinte, dass das nötig sei, dann war es wohl in Ordnung.

Eines Morgens brach Paul in die Kreisstadt auf. Er wollte dort zu einem Rechtsanwalt und zum Notar. Bevor er losfuhr, küsste er sie, zärtlich, leidenschaftlich, wie schon lange nicht mehr. Auch von den Kindern verabschiedete er sich. Als sie ihn fragte, wann er wiederkomme, in zwei oder vielleicht drei Tagen, stieg er bereits in den Bus. Er drehte sich nicht mehr um, eine Antwort gab er nicht. Als der Bus schon längst verschwunden war, schaute sie ihm immer noch nach. Wie sie nach Hause gekommen war, wusste sie danach nicht mehr.

Zwei Wochen später kam ein Brief aus Berlin, ohne Anschrift des Absenders.

Meine liebste Betty!

Bitte verzeih mir. Ich hätte es nicht ausgehalten, wenn Du mir eine Szene gemacht hättest. Ich bin wieder auf dem Weg nach China. Ich werde eine Expedition nach Urumtschi und in den nördlichen und östlichen Bereich des Tarimbeckens leiten. Ich tue dies im Dienst für unser Vaterland. Wenn wir die Region nicht erkunden, werden es die Engländer machen. Das darf nicht sein. Wir müssen ihnen zuvorkommen. Es ist eine großartige Gelegenheit für mich, ich bin der richtige Mann für dieses Unternehmen.

Für Dich und die Kinder ist alles geregelt. Unser Anwalt wird dir die Dokumente aushändigen und erklären. Ich liebe Dich und die Kinder über alles. In einem halben Jahr werde ich spätestens zurück sein.

In Liebe

Dein Mann

Betty hatte das Gefühl, einen heftigen Schlag in die Magengegend bekommen zu haben. Sie fühlte sich so schlecht wie lange nicht mehr. Sie hatte es geahnt, aber nicht wahrhaben wollen.

Paul hatte sie getäuscht, belogen, hintergangen, alles heimlich vorbereitet und sie weiter belogen. Dieser Schuft, dieser Dreckskerl! Ihre Liebe und ihr Vertrauen hatte er missbraucht. Sie zitterte am ganzen Leib, das wollte überhaupt nicht aufhören, sie konnte keinen klaren Gedanken fassen, sie war völlig konfus, sie wusste nicht mehr was sie tun sollte. Was war ihr Leben jetzt noch?

Nun wartete Betty wieder. Sie wartete ein Jahr, ein zweites. Die Kinder wurden größer. Am Anfang kamen noch Briefe von Paul. Es waren nichtssagende und unpersönliche, angeberische Briefe, in denen er sich mit seinen Leistungen brüstete. Nach ihr und den Kindern erkundigte er sich nur nebenbei.

Vielleicht stimmte es ja, was viele von ihm sagten: Paul sei ein großer Asienforscher, ein erfolgreicher Abenteurer, bedeutender Geograph, Verfasser interessanter Bücher, und eben auch eine widersprüchlich schillernde Person, ein eitler Mensch, der von Jugend auf berühmt werden wollte und die entsprechende Kraft aufwendete, um seine eigene Darstellung in der Öffentlichkeit zu betreiben.

Betty wollte die Hoffnung nicht aufgeben. Paul musste leben. Wer etwas anderes behauptete, kannte ihren Mann nicht, nicht seine Kraft, seine Zähigkeit, seinen Willen, sein Können. War er nicht bei seiner ersten Expedition drei Jahre weggewesen, verschollen, und man hatte ihn schon aufgegeben?

Im dritten Jahr drangen Gerüchte aus Peking nach Berlin. Sie drangen schließlich auch bis zu Betty. Paul habe, vom Ehrgeiz getrieben, den zügigen Aufbruch der Expeditionskolonne aus dem Lager an den Wasserlöchern am Fuße der großen Dünen befohlen, obwohl die Wasservorräte erst zur Hälfte ergänzt worden waren. Als die Männer nicht mehr weiter konnten und er das ganze Ausmaß des Desasters erkannte, habe er sie zurückgelassen und in Kauf genommen, dass sie umkamen, und sei alleine weitergefahren. Wenig später sei er dann von Männern des Nomadenstamms, zu dem einige seiner Leute gehört hatten, erschossen worden. Vielleicht habe er aber auch die Orientierung verloren und sei verdurstet.

Aber dies waren nur Gerüchte, die nie amtlich wurden. Nach einiger Zeit wurde die Expeditionsakte abgeschlossen und ins Archiv gebracht. Das Reich hatte nun anderes im Sinn, und es nannte sich auch anders. Es hieß jetzt Drittes Reich.

Nach weiteren Jahren des fruchtlosen Wartens ließ Betty ihren Mann Paul für tot erklären. Sie heiratete einen verwitweten Land- und Gastwirt. Sie führte den Haushalt und die Gastwirtschaft, sie hielt das Geld zusammen, und sie zog ihre drei Kinder groß.

Erst starb der Bruder, dann der Vater, schließlich auch ihr zweiter Mann. Nach dessen Tod führte sie Haus und Hof mit dem jüngeren Sohn und dessen Frau weiter bis ins hohe Alter.

Fräulein Wagners Ende

Georg Hallers erste Stelle nach dem Studium war die eines Dorfschullehrers. Er hatte ja auf eine Lehrerstelle in der Landeshauptstadt gerechnet. Das staatliche Schulamt entschied aber anders. So zog er in einem Frühjahr Anfang der dreißiger Jahre in das kleine Dorf im Schwäbischen Wald. Die Schule dort war einklassig; die Kinder des Dorfs und aus den umliegenden Weilern, Sechs- bis Vierzehnjährige, teilten sich den einen Klassenraum und den einen Lehrer. Das Klassenzimmer befand sich im Erdgeschoss des Schulhauses, das Obergeschoss war der kleinen Wohnung für den Lehrer vorbehalten.

In der ersten Zeit fand sich Georg, der Fremde, nicht eben leicht zurecht, zurückgeworfen in die Beschränktheit des Dorfes, wurde aber durch die hübsche Umgebung teilweise entschädigt. Für den nahenden Sommer erwartete er sich einige Abwechslung durch den Besuch seiner Braut Gerda Groß, die das Lehrerinnenseminar besucht und jetzt ebenfalls ihre erste Anstellung erhalten hatte. Ihre Mutter Luise sollte Gerda begleiten. Nach Meinung der Damen wäre es nicht schicklich und für den Ruf des jungen Herrn Lehrers nicht förderlich gewesen, wenn Gerda alleine angereist wäre. Die beiden Damen wollten im einzigen Gasthof des Dorfs Quartier nehmen, mit voller Pension, denn erfreulicherweise gehörte zu dem Familienbetrieb auch eine Gaststätte.

Am Tag der Ankunft lieh Georg vom Brauereibesitzer eine zweisitzige Kutsche und einen Gaul und holte seine Gäste von der Bahnstation ab. Es war ein schöner Sonnentag, Georg saß auf dem Kutschbock, und die Fahrt geriet für alle zum Vergnügen. Gerda und ihre Mutter kamen aus dem Staunen und sich wundern über Dinge, die sonst keinem hier auffielen, gar nicht mehr heraus. Wenn nur seine Mädchen und Buben in der Dorfschule auch so wissbegierig wären, dachte Georg im Stillen. Den beiden Städterinnen erschien hier alles wie im Paradies.

Es traf sich, dass im einzigen weiteren Zimmer des Gasthofs zur selben Zeit eine nicht mehr ganz junge, allein stehende Dame, Fräulein Wagner, logierte. Sie führte in der Stadt zusammen mit ihrer Schwester eine Pension für Studenten und höhere Schüler, die vom Land kamen. Es war der erste Urlaub in Fräulein Wagners Leben. Die Damen freundeten sich an, und auch Georg, der während der Ferien sein Abendbrot gemeinsam mit ihnen im Gasthof einnahm, beteiligte sich an den Gesprächen mit Fräulein Wagner. Insbesondere begrüßte es Mutter Luise, eine etwa gleichaltrige Bekanntschaft zu machen. Es blieb dann nicht aus, dass die beiden Frauen einander aus ihrem Leben erzählten.

Fräulein Ruth Wagners Leben war bis dahin recht freudlos verlaufen. Die alte Frau Wagner, Ruths Mutter, war Witwe gewesen, zweifache Witwe sogar. Ihr erster Mann hinterließ ihr ein gut gehendes und einträgliches Stoffgeschäft, einiges Geld und eine kleine Tochter, eben Ruth. Ihr zweiter Mann war vor der Heirat ein kleiner Buchhalter gewesen, versuchte sich dann als Geschäftsmann und hinterließ ihr das heruntergewirtschaftete Stoffgeschäft, Schulden, eine weitere Tochter und eine große Wohnung. Um leben zu können, hatte die Witwe Wagner nach dem Tod ihres zweiten Mannes eine Pension eröffnet, die sie zusammen mit den beiden Töchtern führte. *Pension Wagner* stand nun auf einem kleinen Messingschild neben der Hausklingel. Es lief besser als sie anfangs befürchtet hatte. Die weiterführenden Schulen in der Stadt waren gut besucht. Nicht wenige Schüler kamen aus ländlichen Gegenden, und die Eltern, meist Beamte oder Gutsbesitzer, suchten für sie eine preiswerte und behütete Unterkunft. Die Pension erfreute sich eines regen Zuspruchs.

Die Witwe Wagner und ihre Töchter hatten kein leichtes Leben. Für ihre Pensionsgäste bereiteten sie das Frühstück und kochten das Essen, sie hielten die Zimmer in Ordnung, machten die Betten, säuberten die Waschschüsseln und füllten frisches Wasser in die Krüge. Sie besorgten auch die Einkäufe, und es war weit zu gehen zu der Straße mit den Geschäften: Bäcker, Metzger, Milch- und Gemüseladen, Apotheke, Post.

Einen Dank kannte das junge Volk nicht. Die Buben waren laut, übermütig und rücksichtslos, benahmen sich ungezogen und gehorchten nicht. Schon früh am Morgen kam aus den Zimmern, wo sie wohnten, der erste Lärm. Einer trällerte lauthals eine Schlagermelodie. Das erste Wutgeschrei ertönte, vielleicht auf der Suche nach einem verlorenen Socken. Sie nörgelten am Essen und dem faden Tee, nannten die Speisen *Fraß*. Abends kamen sie oft spät nach Hause, wenn die Schwestern schon schliefen, und waren dann sogar betrunken. Wenn sie ermahnt wurden, lachten sie nur und redeten weiter.

Einer stellte Blumenvasen auf die Tische, sodass Ränder auf der schönen Politur entstanden. Zur Rede gestellt antwortete der freche Bursche, er könne keine Politur erkennen. Andere nahmen unter den missbilligenden Blicken der Schwestern die Bilder der Witwe Wagner von der Wand und hängten mitgebrachte auf. Dass das gegen die Abmachung verstieß, beachteten sie nicht; stattdessen behaupteten sie, ihre Eltern zu zitieren: „Besser freut sich das Kind an seinen Bildern, als dass es andere Freuden sucht, wie sie den Jugendlichen in der Stadt angeboten werden."

Mehr noch, die jungen Kerle machten hässliche Witze über die zwei Schwestern. Die waren nun schon nicht mehr die Jüngsten, und Frau Wagner hatte die Hoffnung aufgegeben, dass ihre Töchter jemals heiraten würden. Die beiden waren äußerlich so verschieden, wie man es sich nur denken konnte. Die Ältere, Ruth, war mittelgroß und dünn, hatte fast schwarzes, glatt zurückgekämmtes Haar, das im Nacken zu einem Knoten zusammengefasst war, und sie hatte dunkle, traurige Augen, die ihr wenig ebenmäßiges Gesicht und die große Nase ein wenig vergessen machten. Die Jüngere war groß und kräftig, hatte blondes, zu einem Turm hochgebautes Haar, blassblaue Augen und ein etwas zu kantiges Gesicht.

Die Schwestern lebten in ständigem Streit miteinander, sie verhöhnten und beleidigten sich gegenseitig, während die Mutter darüber ewig ihre Klagelieder sang. Gerda und Luise konnten nicht so recht herausfinden, um was es bei den Auseinandersetzungen gegangen war. Jedenfalls stritten die Halbschwestern wegen ihrer Väter.

Schlecht war das Verhältnis der Schwestern, seit die ältere die Pubertät hinter sich gebracht hatte und anfing, den jungen Burschen nachzusehen, und von Jahr zu Jahr war es schlimmer geworden. Wenn einmal eine der Schwestern das Interesse eines jungen Mannes geweckt hatte, neidete ihr die andere dies und ruhte nicht eher, bis der Interessent verschreckt das Weite suchte. Frau Wagner hatte wohl auch das ihre dazu getan, da sie früher der Meinung war, zuerst müsse die Ältere unter die Haube, und später, als das Gewünschte nicht eintrat, ihre Kuppeleiversuche ganz auf die Jüngere konzentrierte.

Nun waren die Schwestern verbittert und unglücklich durch ihr unerfülltes Leben und ihre aussichtslose Zukunft. Sie hatten die Schule, wie es üblich war, nach sieben Jahren verlassen, einen Beruf nicht erlernt. So waren sie durch die Pension, die ihnen den Lebensunterhalt garantierte, aneinander gekettet. Alles dies erfüllte die Witwe und ihre Töchter mit Kummer und Sorge und bereitete ihnen schlaflose Nächte.

Nun war die alte Frau Wagner schon einige Zeit tot. Ihr nicht mehr junger Körper hatte unter den Entbehrungen der Kriegszeit, der Kälte in den Wintern und dem ständigen Hunger schwer gelitten, ihr Geist hatte vor der Eintönigkeit ihres Lebens kapituliert. Ruth Wagner führte jetzt das Regiment, auch wenn ihre jüngere Schwester ihr das neidete und so schwer wie möglich zu machen versuchte. Aber die Mutter hatte es so gewollt.

Die zwei Schwestern kämpften nun alleine an gegen die Frechheiten der Buben. Sie kämpften mit der Last der hohen Steuern nach dem verlorenen Krieg, ertrugen die Entwertung der Mark und die ins Astronomische ansteigenden Preise, sie hatten unter Streiks, Notverordnungen und Putschversuchen zu leiden. Sie ergaben sich dem tägliche Einerlei, der Mühsal und Trostlosigkeit ihres Daseins.

Einen gab es, Manfred, den hatte Ruth in ihr Herz geschlossen, seit sie ihn zum ersten Mal sah, damals, als er zusammen mit seinem bäuerlich unbeholfenen Vater durch ihre Tür getreten war, mit dem welkenden Blumenstrauß in der Hand, und sie voll Ernst angesehen hatte. „Manfred war der Beste, den wir gehabt haben", erzählte Fräulein Wagner und lächelte. „Er war ja noch ein kleiner Bub, als er bei uns einzog. Aber damals habe ich schon gewusst, dass er ein Glück für uns war." Er war nie einer von denen, die sie ärgerten, die widersetzlich waren und sie mit rohen Scherzen quälten, keiner, der sie verachtete.

Nach dem Krieg zog er wieder bei ihnen ein, nun als Student. Jetzt mochte sie nicht mehr den kleinen Schulbub, sondern den jungen Mann, der sich über die Bücher beugte und mit großem Ernst das Wissen der Welt in sich aufnahm. Manfred war damals der Älteste von allen Pensionsgästen, und die anderen respektierten ihn, weil er schon die Universität besuchte.

Manfred brauchte nun nicht mehr zusammen mit den lauten Schulbuben zu frühstücken, Fräulein Ruth brachte ihm sein Kännchen Muckefuck und frische Brötchen auf sein Zimmer. Luise und Gerda stellten sich vor, wie Ruth vorsichtig das Tablett auf Manfreds Tisch stellte, damit sie ihn ja nicht störte, und sich auf das alte Sofa setzte; ganz vorn auf dem Rand saß sie und legte ihre schmalen, blassen Hände im Schoß zusammen. So durfte Fräulein Ruth ein Weilchen bei ihm sitzen, ihm beim Frühstück zusehen und ein wenig mit ihm plaudern. „Immer fand ich ein wenig Trost und einen Rat bei ihm", und nach diesem Geständnis trat ein kleines scheues Lächeln auf ihr Gesicht und machte sie schöner.

Manfred hatte seine letzten Prüfungen bestanden. Fräulein Ruth überreichte ihm verschämt einen bunten Blumenstrauß und sagte: „Ich habe nie daran gezweifelt, dass Sie ein gutes Examen machen. Für Sie freue ich mich. Sie werden gewiss ein guter Ingenieur werden."

„Ich will mir Mühe geben, Fräulein Wagner."

Sie war dennoch betrübt, Manfred wird es gespürt haben. Sie half ihm beim Einpacken seiner vielen Bücher. Am letzten Morgen kamen die Männer von der Spedition und luden seine Koffer und Bücherkisten auf den Wagen. Für ihn, Manfred, begann ein neuer Lebensabschnitt, aber was blieb ihr noch? „Beim Abschied rannen Tränen über mein Gesicht", sagte Ruth, und Gerda und Luise fürchteten, sie würde auch jetzt gleich losheulen.

Fräulein Ruth hatte sich für ihre Sommerferien einen hübschen Strohhut und einen zitronengelben Sonnenschirm zugelegt, dazu weiße Handschuhe. Aber sie trug dieselben Kleider wie in der Stadt: grau oder schwarz, fast knöchellang, hochgeschlossen. Wenn sie so durchs Dorf ging, glotzten die Frauen verwundert, und die Kinder liefen hinter ihr her, so als ob der Dorfschultes mitten in der Woche im Frack und mit Zylinder umher gegangen wäre. Ein paar ganz kecke riefen ihr auch den Spitznamen nach, den man ihr schnell gegeben hatte: „Vogelscheuche, Vogelscheuche!"

Es war verständlich, dass Fräulein Wagner, wenn sie alleine spazieren ging, von nun an die Dorfstraßen mied und den kürzesten Weg zu den Feldern und zum Wald einschlug. Dort begegnete ihr höchstens ein Pferdekarren, und die Bauern waren nicht so neugierig und frech wie ihre Frauen und Kinder.

Am liebsten wanderte Fräulein Wagner zu dem großen See, wohin Georg die Damen einmal geführt hatte. Dort fand sie am Ufer auf dem Stamm einer gefällten Eiche ihren Lieblingsplatz. Hier konnte sie lange sitzen, in dem mitgebrachten Buch lesen oder hinaus auf die Wasserfläche schauen, die sich unter dem leichten Wind kräuselte und am Mittag in der Sonne glitzerte.

„Es ist wunderschön hier", pflegte sie am Abend zu Georg zu sagen, „nur Ihre Kinder im Ort sind wie die in der Stadt, frech und ungezogen. Wenn sie in unsere Pension kämen, wären sie genauso eine Bande, wie wir sie immer haben." Aber ohne Zweifel war sie glücklich hier, in ihrem Wald mit den weichen Moospolstern unter den Buchen und Eichen, an einem See wie im Märchen, wo die Fische in die Luft sprangen.

Und es dauerte nicht lange, da hatten sich die Leute im Dorf an sie gewöhnt, grüßten sie freundlich und beachteten sie nicht weiter.

Als Fräulein Wagner sich am Ende ihrer Ferien verabschiedete und wieder abfuhr, liefen Tränen aus ihren Augen, die sie heimlich mit einem Taschentüchlein wegwischte.

Auch im nächsten Sommer kamen Fräulein Wagner, Luise und Gerda und wohnten in dem kleinen Dorfgasthof. Fräulein Wagner erzählte wieder von der Pension in der Stadt, und dass auch da die *neue Zeit* eingekehrt sei. Was erst auf der Straße und in den Wirtshäusern stattfand, Aufmärsche und große Reden, drang nun auch in ihr Haus und machte sich breit. Die jetzigen Söhne der Gutsbesitzer und hohen Beamten lärmten noch mehr, waren noch ungesitteter und rücksichtsloser, benahmen sich noch großspuriger und überheblicher als die vorigen Generationen. Und ihre jüngere Schwester trug nun nicht mehr die langen dunklen Kleider, sondern diese braunen Uniform-Blusen und Röcke und jubelte mit.

Auch diesmal schritt Ruth zwischen den erntereifen Feldern zum Wald und wanderte an den See. Aber etwas war anders an ihr. Was, das konnten die anderen nicht genau sagen. War sie nur einfach stiller, weil es nicht mehr so viel Neues zu erzählen gab, oder hatte sie besondere Sorgen, nach denen man sie nicht zu fragen wagte?

Dann geschah das Unerwartete. Von einem Ausflug kam Fräulein Wagner am Abend nicht zurück. Unbemerkt abgereist konnte sie nicht sein, denn alles, was sie nicht bei sich trug, war noch in ihrer Stube. Vielleicht war sie an einem ihrer Lieblingsplätze eingeschlafen, war in die Dämmerung geraten und hatte sich dann im Wald verlaufen. Oder sie wollte mit voller Absicht die Nacht im Freien verbringen unter dem Sternenhimmel, den sie so liebte.

Als Fräulein Wagner auch am nächsten Morgen noch nicht zurück war, suchten Georg und einige Dorfbewohner die Umgebung ab. Sie fragten in den Nachbarorten, ob sie gesehen worden sei. Auch Fräulein Wagners Schwester in der Stadt wurde informiert. Als das alles kein Ergebnis brachte, wandte sich Georg an das zuständige Polizeikommissariat. Polizisten kamen, zuerst zwei, dann mehr, schließlich eine ganze Hundertschaft, die mit Spürhunden denn Wald durchkämmten und die Seeufer absuchten. Aber einsetzender Regen verwischte die Spuren, falls überhaupt welche dagewesen waren.

Ein Bauer entdeckte Wochen später in seinem Rübenacker den Schirm von Fräulein Wagner, Buben ihren Sommerhut im Gebüsch. Schirm und Hut waren verschmutzt und beschädigt. Wie sie dahin gelangt waren, wo sie gefunden wurden, wusste niemand zu sagen. Fräulein Wagner aber blieb verschollen.

Der See war kein natürlicher, sondern ein von Menschenhand geschaffener. In einer Geländemulde wurden zwei Bäche mit Wehren aufgestaut und das Grünland überflutet. Das geschah zum ersten Mal um die Mitte des achtzehnten Jahrhunderts. Der See wurde angelegt, um mit seinem Wasser die Hölzer aus dem Schwäbischen Wald zu den Residenzstädten Stuttgart und Ludwigsburg zu transportieren. Das Holz wurde im See gesammelt und dann über einen Wiesenbach und die Rems in den Neckar geflößt. Mit dem Holz heizte der König seine Schlösser.

Hundert Jahre später, nach der Inbetriebnahme einer Eisenbahnstrecke, wurde die Flößerei eingestellt. Der See aber bestand weiter, nun zur Nutzung als Fischgewässer. Jedes Jahr im Herbst wurde das Wasser des Sees abgelassen und eine große Zahl von Karpfen und Hechten, Schleien, Zandern und Welsen abgefischt.

So geschah es auch in jenem Herbst, der dem spurlosen Verschwinden von Fräulein Wagner folgte. Nach dem Ablassen lagen weite Schlammflächen frei. Hier fielen scharenweise durchziehende Watvögel ein, die man vom Ufer aus gut beobachten konnte: Rotschenkel und Alpenstrandläufer, Regenpfeifer und Brachvögel, Bruch- und Waldwasserläufer. Vogelfreunde kamen von weit her, um sich dieses Schauspiel nicht entgehen zu lassen. Auch Georg stand mit dem Fernglas am Ufer. Am ersten Tag bekam er nur Vögel vor das Glas, aber am zweiten Tag sah er querab vom Ufer etwas Ungewöhnliches aus dem Schlamm ragen. Es sah aus wie die *Tote Mannshand*, Weichkorallen, die er einmal in einem Meeresaquarium gesehen hatte.

Aber es war keine Männerhand, sondern der Unterarm und die Hand einer Frau. Die Frau wurde mühevoll unter Einsatz verschiedener Gerätschaften aus dem Schlamm geborgen. Die Tageszeitungen berichteten ausführlich. Nachdem die Leiche gesäubert war, gab es keinen Zweifel mehr: Es war Fräulein Wagner. Während des langen Liegens im Schlamm, ganz unter Ausschluss der Luft, hatte der Verwesungsprozess noch kaum eingesetzt.

Sehr zur Verwunderung aller hingen an den Fußknöcheln der Leiche, mit Bändern befestigt, einige Gewichte aus Metall. Es waren Gewichte, wie man sie zum Abwiegen von allerlei Obst und Kartoffeln benutzt:

fünf Kilogramm, zwei Kilogramm, ein Kilogramm. Wer hatte diese Gewichte Fräulein Wagner angehängt? War es ihr Mörder, der die Leiche im See versenken wollte? Oder hatte sie es selbst getan, und wenn ja, warum? Weil sich darauf keine befriedigenden Antworten finden ließen, wurden die Ermittlungen durch die Polizei schließlich offiziell abgeschlossen und der Fall zu den Akten gelegt.

Die Gespräche des Dorfes drehten sich noch eine Weile um das unglückliche Ende seines Feriengasts, bis etwas anderes, Neues wichtiger wurde und das Leben der Menschen veränderte. Dieses andere, Neue machte sich überall breit, in den Städten und auf dem Land, im gesamten Reich. Es hatte vielerlei Namen und hieß: die Partei, der Führer, das Dritte Reich, es hieß SA und SS, Judengesindel und Kristallnacht, Anschluss und Volk ohne Raum, und schließlich hieß es Krieg. Nicht wenige zogen freiwillig und mit Begeisterung in diesen Krieg, die meisten wurden geschickt, ohne gefragt zu werden, ob sie wollten oder nicht. Georg war unter den letzteren.

Aus diesem Krieg, den man den zweiten Weltkrieg nennt, kamen viele nicht mehr zurück. Zu denen gehörte auch Georg; für ihn war der Krieg schon nach dem ersten großen Feldzug zu Ende. In der Offizierskiste, die nach seinem Tod in die Heimat geschickt wurde, lagen eine Uniform, Stiefel, Wäsche. Auch eine Art Tagebuch, eigentlich nur ein Heft, kam zum Vorschein. Georg hatte es wohl begonnen, nachdem er, der Schulbub, das heimatliche Dorf vor vielen Jahren verlassen hatte und in eine weitere Welt hinausgezogen war.

Auf den letzten Seiten des Tagebuchs tauchte immer wieder der Name Ruth Wagner auf. Zwischen den Seiten lag ein verblichener Briefumschlag, adressiert an Herrn Georg Haller; den legte Gerda erst einmal zur Seite. Sie begann in dem Heft zu lesen, Georgs Schrift kannte sie ja gut.

„An dem Tag, an dem Fräulein Wagner verschwand, fuhr ich mit meinem Fahrrad und meinem Angelzeug zum See hinaus. Da ich keinen Angelschein besaß, musste ich mich vorsehen, nicht vom Jagdaufseher erwischt zu werden. Ich suchte deshalb die kleine Bucht hinter der Landzunge auf, wo ich schon öfter geangelt hatte, hockte mich auf meinen mitgebrachten Klappsitz und warf die Angel aus. Ich beobachtete das Ende meiner Angelschnur und die umliegenden Ufer."

„Da, ich wollte meinen Augen nicht trauen, erschien im See, hinter der Landzunge, Fräulein Wagner. Deutlich hob sie sich von der hellen Wasserfläche ab. Sie schien im Wasser zu stehen, das ihr schon bis zu den Knien reichte. Sie stand aber nicht, sie ging durch das Wasser. Ganz langsam watete sie voran, Schritt um Schritt, so, als ob es ihr Mühe bereitete, voran zu kommen. Man konnte denken, dass sie Gewichte an den Beinen hatte und ihre Füße bei jedem Schritt in den Schlamm am Seegrund einsanken. Aber sie musste doch schon ein tüchtiges Stück vom Ufer entfernt sein. Denn so, wie man mich nur von wenigen Stellen am Ufer aus sehen konnte, so konnte auch ich von meinem Platz aus nur eine kleine Fläche des Sees überblicken, und das war wohl der Grund, dass ich Fräulein Wagner erst jetzt erblickte."

„Ich saß am Ufer und starrte zu ihr hin. Sie ging weiter, unaufhaltsam, kein Mal blickte sie sich um, schaute immer nur gerade aus. Und auf ihrer ganzen Wanderung hielt sie den gelben Sonnenschirm in die Höhe. Den Strohhut hatte sie wohl am Ufer abgelegt. Wollte sie etwa den See zu Fuß durchqueren? Aber das war ja ganz unmöglich, auch wenn der See nur wenige Meter tief war. Ich war erst weniger erschrocken als verblüfft von dem, was ich sah. Nur allmählich begriff ich das Ungeheuerliche dessen, was geschah."

„Bald reichte ihr das Wasser bis zur Hüfte. Dann sank sie schnell tiefer, vermutlich war dort eine Stelle, wo der Seegrund steiler abfiel. Nun gab es kein Halten mehr. Das Wasser ging ihr bis zu den Schultern, bis zum Kinn, und dann schlug das Wasser mit einem kleinen Wellenkringel über ihrem Kopf zusammen. Ihre emporgehobenen Hände ruderten ein paarmal durch die Wasseroberfläche, dann stiegen nur noch einige Luftbläschen dort auf, wo sie versunken war. Danach war alles vorbei. Nur der gelbe Schirm trieb noch über das Wasser."

„Nun kam plötzlich Wind auf, der rasch zum Sturm wurde. Der gelbe Schirm hob sich über die Wasserfläche, segelte erst taumelnd durch die Luft, gewann vor dem Wind an Höhe und war im Nu über den Baumwipfeln am Ufer verschwunden. Ich packte schnell meine Sachen zusammen und radelte los, zurück zum Dorf. Da fing auch schon der Regen an. Die Windböen trieben schwere Schauer vor sich her über die Felder."

„Völlig durchnässt kam ich zum Dorf. Ich wollte nicht gesehen werden, näherte mich dem Schulhaus von den Wiesen her, stellte das Fahrrad an den Gartenzaun weit hinter dem Haus und lief die letzten hundert Meter zu Fuß. Hätte mich jemand gesehen, würde er gedacht haben, ich wäre eben mal rasch im Garten gewesen, aus welchem Grund auch immer, vielleicht um die Tür des Schuppens zu schließen. Aber vermutlich hatte mich niemand gesehen, der heftige Regen umgab mich wie ein Vorhang, und die Dorfleute waren um diese Zeit im Stall oder in ihrer Scheune."

„Erst allmählich kam ich zur Besinnung. Warum hatte ich mich nicht gerührt, als ich Fräulein Wagner hinein in den See waten sah? Ich hätte rufen können oder zu ihr hin schwimmen. Nichts habe ich getan. Warum habe ich nichts getan? Trug ich nun eine Schuld an ihrem Tod?"

„Auch am nächsten Tag, als wir anfingen, nach Fräulein Wagner zu suchen, gab ich nichts von meinem Erleben preis. Ich gab mich auch unwissend, als der Polizeikommissar mich befragte, zuerst nach ihrem Verschwinden und dann noch einmal, nachdem ihre Leiche gefunden war. Natürlich befragte er mich, ich war schließlich der im Dorf, mit dem Fräulein Wagner den meisten Kontakt hatte. Der Kommissar befragte auch andere Dorfbewohner. Aber niemand hatte etwas gesehen, niemand wusste etwas zu berichten außer den bekannten Wichtigtuern, deren Gerede doch nichts zu einer Aufklärung beitrug. Warum sollte dann ich etwas sagen? Vielleicht hätte man mich der unterlassenen Hilfeleistung bezichtigt. Gar hätte man mich verdächtigen können, Fräulein Wagner ertränkt zu haben, so absurd das auch scheinen mochte."

„Nach und nach kam Klarheit in meine Gedanken. Hätte ich Fräulein Wagner von ihrem selbst gewählten Freitod abbringen, sie an ihrem Vorhaben hindern müssen? Hätte ich das tatsächlich tun sollen? Sie hatte mehrmals in diesen letzten Ferien Gerda, Luise und mich gefragt, warum dieses Leben für sie nicht bald ein Ende nähme. Sie habe alles lange genug ertragen. Die ersten Ferien hier auf dem Dorf seien herrlich gewesen, sie habe sich wie im Märchen gefühlt. Nun aber könne es nur bergab gehen, die Zukunft läge in größerer Finsternis vor ihr denn je, sie sähe keinen Weg, sie habe solche Angst. Schon damals, als Manfred aus der Pension ausgezogen war und sie ihn für immer verloren hatte, sei ihr nichts, nichts geblieben als die Angst. Wir versuchten dann, ihre Gedanken auf anderes zu bringen. Ich maß ihren Worten nicht allzu große Bedeutung zu, aber ich habe mich geirrt. Sie hatte jede Hoffnung fahren lassen."

Dann nahm Gerda noch einmal den an Georg adressierten Brief zur Hand. Der war frankiert und gestempelt, Georg musste ihn auf dem Postweg erhalten haben. Ein Absender war nicht angegeben. Gerda entnahm dem Umschlag ein eng beschriebenes Blatt. Nachdem sie auch dieses gelesen hatte wusste sie, dass niemand ein Recht gehabt hätte, in das Schicksal von Fräulein Wagner einzugreifen.

Sehr geehrter, lieber Herr Georg!

Dies ist ein Abschiedsbrief, ich will nicht mehr, ich kann nicht mehr. Aber bevor ich gehe, so weit fort gehe wie ein Mensch kann, will ich noch etwas aufschreiben, das Sie und Ihre beiden Damen nicht wissen. Mein Vater, der erste Mann meiner Mutter, war Jude, ein erfolgreicher Geschäftsmann, ein liebevoller Vater. Er konvertierte vor der Heirat mit meiner Mutter zum Protestantismus. Viel zu früh starb er an einer unheilbaren Krankheit.

Der Name meines Vaters war Salomon Bernheimer. So heiße ich also Ruth Bernheimer. Aber meine Mutter wollte nicht, dass ich diesen Namen trug. Ich sollte heißen wie sie und meine Schwester. So war ich für Sie und alle anderen eben Ruth Wagner.

Ich weiß nicht, ob es nur der Ordnungssinn meiner Mutter war, oder ob sie mich schützen wollte vor gehässigen Reden oder Anfeindungen. Aber jetzt, in der Neuen Zeit, hilft das nicht mehr. Meine Halbschwester ist Parteimitglied und in der SA. Jetzt erfahren alle, dass ich eine Halbjüdin bin. Meine Schwester ist nun ganz der Herrenmensch, die Herrin im Haus, und ich soll mich ihr in allem fügen. Man spricht davon, dass die Juden bald ein J an der Kleidung tragen müssen und die Jüdinnen bald alle Sarah heißen sollen.

Ruth Wagner-Bernheimer

Liebe in Zeiten des Kriegs

An einem Herbsttag betrat Felix zum ersten Mal die große Apotheke, bei der er sich nach seinem Studium um eine Anstellung beworben hatte. Hier wollte er alles erlernen, was ein Apotheker an praktischem Wissen benötigt.

Aber noch war es nicht so weit. Zunächst musste das heutige Bewerbungsgespräch einen guten Verlauf nehmen. Er war ganz schön aufgeregt.

Felix wurde freundlich begrüßt, dann führte ihn Dr. Lang, der Chef, durch die Verkaufsräume in den rückwärtigen Teil der Apotheke. Durch einen Flur gelangten sie in das kleine Nachtdienstzimmer, das auch als Büro diente. Die Einrichtung war einfach aber zweckmäßig: der Schreibtisch und ein Stuhl, Schrank, Sessel und die Liege für den Nachtdienst.

Apotheker Lang war ein freundlicher Herr um die Vierzig, weder schlank noch beleibt, mit vollem, aber schon ergrautem Haar. Beim Gehen zog er das rechte Bein ein wenig nach, vielleicht eine Kriegsverletzung, nichts Ungewöhnliches damals, kaum mehr als ein Dutzend Jahre nach dem Ende des Kriegs; viele Männer hatten Beschädigungen und Verstümmelungen heimgebracht, schlimmere auch als ein hinkendes Bein.

Das Gespräch nahm einen günstigen Verlauf, der Einstellung stand nichts mehr im Wege. Schon bei diesem ersten Gespräch bemerkte unser angehender Apotheker das Kreuz, das an der Wand über dem Schreibtisch des Chefs hing. Ein Kreuz an der Wand war an sich nichts außergewöhnliches, nichts, was das besondere Interesse eines Besuchers hätte wecken müssen. Anders das kleine Bild seitlich unter dem Kreuz, eine einfach gerahmte, etwas vergilbte Schwarzweißfotografie. Sie zeigte den Lockenkopf einer jungen Frau, ja, eigentlich eines Mädchens noch, gewiss nicht älter als zwanzig Jahre. Ein hübsches, wenngleich noch etwas kindliches, unfertiges Gesicht hatte da ganz unbefangen in die Kamera gelächelt. Auf der anderen Seite des Kreuzes, noch tiefer als das Bild, war an der Wand eine kleine Konsole angebracht, auf der eine Vase mit frischen Blütenstengeln stand.

Auch später, als Felix in der Apotheke heimischer wurde und häufiger in das Zimmer kam, waren Kreuz und Bild niemals ohne Blütenschmuck. Mal bemerkte Felix zierliche Röschen oder kleine Astern, mal duftigen Flieder oder einen blühenden Kirschzweig, oft waren Veilchen, Anemonen, blaue Glöckchen oder Schlüsselblumen in der Vase.

Er fragte seine ältere Kollegin: „Wissen Sie, was es für eine Bewandtnis mit dem Bild hat?" „Ihnen darüber

Auskunft zu geben, steht mir nicht zu", erhielt er zur Antwort, „fragen Sie doch den Chef selbst."

Das traute er sich dann auch eines Tages. Dr. Lang hatte gerade sein Heilkräuter-Herbarium begutachtet, ein Lob ausgesprochen und Felix in ein Gespräch über die heimische Flora verwickelt; das schien ein günstiger Augenblick zu sein. „Junger Mann, das ist eine längere Geschichte, und ihr Anfang liegt schon viele Jahre zurück. Damals war ich in Ihrem Alter, aber in unserer Stadt, in unserem Land, ja, in der Welt ging es anders zu als heute. Deshalb will ich Ihnen alles erzählen. Aber nicht heute, ein anderes Mal."

Ein paar Tage später war es soweit. Dr. Lang nahm eine Flasche Portwein und zwei Gläser aus dem Schrank, setzte sich in seinen Ohrenbackensessel und steckte seine Pfeife an. Dann schaute er zu der kleinen Fotografie an der Wand und fing an zu sprechen. Bald konnte man denken, er habe seinen Zuhörer vergessen. Er selbst wurde noch einmal ein junger Mann, und die Frau auf dem Bild erwachte wieder zum Leben. Denn dass es das Bild einer Verstorbenen war, hatte Felix schon erraten.

„Ich will Ihnen die Geschichte von Maria und ihrem Michael erzählen. Michaels Vater war Lehrer in einer ländlichen Gemeinde, wo der Kleine auch aufwuchs. Seine Großeltern aber lebten hier in der Stadt und hatten eine geräumige Wohnung gemietet, in der die Groß-mutter auch nach dem Tod des Großvaters wohnen blieb. Als Schüler besuchte Michael seine Großmutter regel-

51

mäßig in den Ferien, und zu Beginn seines Studiums durfte er ein Zimmer in ihrer großen Wohnung beziehen.

Die Großmutter gewährte ihm freie Kost und Unterkunft, dafür beanspruchte die alte Dame seine Hilfe im Haushalt. Michael besorgte die Einkäufe; damit er nichts vergaß, stattete ihn die Großmutter mit kleinen Notizzetteln aus: frische Brötchen vom Bäcker, Fleisch und Wurst vom Mezger, Gemüse, Milch, Butter, Eier und Mehl bei Tante Emma, Arzneien aus der Apotheke. Er half der Großmutter beim Waschen in der Waschküche und hängte die nasse Wäsche auf den Trockenboden. Er brachte den Müll zu den Tonnen, besorgte die Treppenhausreinigung und schleppte im Winter die Kohlen aus dem Keller in den vierten Stock.

Bei den Einkäufen begegnete Michael zuweilen einer jungen Frau, sie war fast noch ein Mädchen, und er konnte es nicht verhindern, dass seine Blicke ihr immer wieder folgten. Sie schenkte ihm bei Gelegenheit ein Kopfnicken als Zeichen des Wiedererkennens, sonst schien sie ihn nicht weiter zu beachten. Bald stellte Michael fest, dass die junge Frau im selben Haus wie die Großmutter wohnte. Die regelmäßigen Begegnungen empfand er als angenehm, so dass er sie bald mit Absicht herbei zu führen versuchte, doch war ihm die beiderseitige Sprachlosigkeit auch immer etwas peinlich. Die junge Frau mochte das vielleicht ähnlich empfunden haben, aber er wusste es nicht und war zu zaghaft und unerfahren, um sie anzusprechen.

So ging es einige Zeit, bis ein trauriges Ereignis Michaels Leben veränderte. Seine Großmutter wurde krank, musste in ein Krankenhaus und wurde operiert. Bald nach der Operation verstarb sie. Die Trauergemeinde, die sich zum Begräbnis versammelte, war nicht groß. So entging Michael nicht, dass auch die junge Frau gekommen war. Am Grab reichte sie ihm sogar die Hand und sprach von ihrer Anteilnahme. Sie war nicht für eine Trauerfeier gekleidet, und überhaupt glaubte Michael nicht, dass seine Eltern einverstanden gewesen wären, wenn er sie zum anschließenden sogenannten Leichenschmaus eingeladen hätte. So unterließ er es.

Die Wohnung der Großmutter war für Michael allein viel zu groß und zu teuer. Er musste sie daher aufgeben und suchte und fand ein Zimmer bei einer Hauswirtin, die auch sonst an Studenten vermietete. Am Tag seines Auszugs begegnete er der jungen Frau, deren Namen er immer noch nicht kannte, und verabschiedete sich von ihr. „Es ist mir nicht entgangen", sagte sie, „welch große Hilfe Sie Ihrer Großmutter in den letzten Monaten gewesen sind." Da fasste er sich ein Herz und fragte, ob sie sich vielleicht einmal wiedersehen würden.

Es war schon Spätwinter und doch noch einmal sehr kalt, ein eisiger Ostwind fegte durch die Stadt. Michael bewohnte jetzt eine Kammer im Dachgeschoss eines Altbaus. Das Zimmer hatte früher, bevor die Besitzerin wegen des Geldes zur Vermietung an Studenten genötigt war, als Abstellraum gedient. Ein Kohleofen war vorhanden, aber das Heizmaterial war knapp. Zum Waschen hatte Michael nun eine Waschschüssel und einen Krug Wasser auf dem Zimmer stehen. „Damenbesuch ist nicht erlaubt", hatte ihm seine Wirtin erklärt, und Michael dachte sich, dass er auch keine Dame in diese Kammer einladen wollte. Aber etwas Besseres konnte er sich nicht leisten.

Nicht lange nach seinem Umzug stand Michael eines Abends wieder vor dem Haus, in dem seine Großmutter gewohnt hatte. Es war ein großes Eckhaus mit Wohnungen in den oberen Geschossen und Geschäften im Erdgeschoss; eines war eine Apotheke. Michael hatte immer nur den vorderen Eingang von der Straße her benutzt. Die junge Frau wohnte im Hinterhaus, einem Anbau an das Haupthaus.

Er tat, wie sie ihm gesagt hatte. Er öffnete das kleine Eisentor seitlich am Haus, ein schmaler Durchgang führte in einen düsteren Hof. Von da ging er zwei Stufen zu einer Tür hoch. Er pochte kräftig an die Tür, die junge Frau öffnete, als ob sie ihn schon gesehen und erwartet hätte. Sie führte ihn in einen dunklen Flur, von dem es nach vorn in die Verkaufsräume der Apotheke ging, nach hinten in den Anbau, in dem sich ein Lager und ein kleines Zimmer befanden.

„Das ist das Nachtdienstzimmer der Apotheke, da wohne und schlafe ich jetzt", sagte die junge Frau. Er erfuhr, dass sie Maria hieß und das Aushilfsmädchen in der Apotheke war. „Der Apotheker, mein Chef, hat

Sorge, es könnte eingebrochen werden in diesen Zeiten", erklärte sie. „So soll ich in der Nacht wachen. Dafür kann ich ständig hier wohnen und spare die Miete für ein Zimmer. Der Chef ruft auch nachts mal an, um zu fragen, ob alles in Ordnung ist. Deshalb traue ich mich nicht, abends wegzugehen, denn wenn er merkt, dass ich nicht da bin, kündigt er mir."

Marias Zimmer war einfach eingerichtet: ein schmales Bett, ein Tisch, darauf ein Telefon, ein Stuhl, ein Schrank, ein kleiner gusseiserner Kohleofen. An den Wänden hingen blassblaue Tapeten mit einigen Scherenschnitten. Bunte Vorhänge vor den Fenstern und die geblümte Bettwäsche schufen ein wenig Freundlichkeit. Das einzige, was Maria hatte mitbringen dürfen, war ein Vogelbauer mit einem zahmen Drosselherrn. Den hatte sie mit gebrochenem Flügel von der Straße aufgelesen, nach Hause genommen und soweit gesund gepflegt, dass der kleine Kerl wieder flattern und hüpfen konnte.

Maria brachte die Glut im Ofen zum Lodern, und sie freuten sich über die Wärme. „Ziehen Sie doch ihren Mantel aus, ich mache uns noch eine Kanne Tee."

Michael hatte sich den Stuhl vor den Ofen gerückt und horchte, wie der Wind gegen die Scheiben blies. Er fühlte sich geborgen und glücklich. Gerne wollte er ein wenig bleiben, es erwartete ihn doch nur sein karges Zimmer und das Alleinsein. Hier war ihm ein Mensch nahe, der die Einsamkeit und die Gespenster der Nacht von ihm fernhielt.

Nun hatte er auch Muse, seine neue Bekannte in aller Ruhe zu betrachten, während sie sich zu schaffen machte. Sie war eine feingliedrige Person, hochgewachsen und schlank, mit einer kaum gebändigten Fülle blonder Locken, die ihren Nacken und die Ohren verdeckten und lustig in die Stirn fielen. Ihr Gesicht wirkte unter dieser Lockenpracht eher klein, fast noch kindlich. Gleiches galt für ihren Mund. Die Augen waren von einem hellen Blau; ein leichter Silberblick war unverkennbar. Bald bemerkte Michael, dass diese Augen ihr Gegenüber meist lieb ansahen, aber auch mal belustigt aufblitzten. Die Nase war ebenmäßig geformt, aber ein wenig zu kurz, um dem Gesicht ein klassisches Profil zu geben. Ihre Haut schien blass, die Sonne hatte sie nicht oft gesehen, aber die Lippen hatten ein frisches Rot.

Er begann zu erzählen, von seiner Kindheit, den Eltern, von Streichen, die sie auf dem Gymnasium verübt hatten, vom Abitur, über dessen Verlauf er sich noch immer ärgerte, von dem verhassten Wehrdienst, von seinen Lehrjahren.

„Nun habe ich gerade mit dem Studium begonnen. Ich will Apotheker werden, ja, tatsächlich." Das belustigte beide, wo sie doch hier in den hinteren Räumen einer Apotheke zusammensaßen und Maria hier arbeitete. „Meine Professoren sind zwar gelehrte Herren, aber einige haben auch einen gehörigen Tick. Viel mitschreiben muss ich nicht in den Vorlesungen. Es steht alles viel klarer und fassbarer in den dicken Lehrbüchern, die ich mir zugelegt habe. Und ich muss viel im Laboratorium stehen, chemische Analysen durchführen und durch das Mikroskop sehen."

Maria hörte ihm mit halb geöffneten Lippen aufmerksam zu, als lese er aus einem spannenden Buch vor. Wenn er etwas Erfreuliches oder Lustiges erzählte, ging ein helles Licht, die Andeutung eines Lächelns über ihr Gesicht. Wenn er von Traurigem sprach, legte sich ein Schatten darauf. Als er schließlich endete, sah sie noch eine Weile gedankenverloren vor sich hin, dann sagte sie: „Sie haben schön erzählt. Ich wünschte, ich könnte auch studieren, aber ich werde nie mehr als eine kleine Apothekenhelferin sein. Sie werden einmal ein angesehener und wohlhabender Apotheker werden."

Nun sah sie ein wenig traurig aus. Das tat ihm leid, und er fragte sich, wie er das gut machen könnte. Aber außer einer leeren Floskel fiel ihm nichts ein, deshalb schwieg er lieber.

„Darf ich wiederkommen?", fragte er, bevor er ging. Sie sah ihn an, schien zu überlegen, eine ganze Weile. Dann erwiderte sie: „Ja, du darfst wiederkommen."

Nun kam er ein- oder zweimal in der Woche abends zu Maria in das kleine Zimmer hinter der Apotheke. Auch sie erzählte ein wenig von sich. Micha, wie sie ihn nun nannte, erfuhr, dass Maria ihren Vater nicht kannte und die Mutter nach langer Krankheit vor kurzem gestorben war. Maria hatte die Mutter gepflegt bis zum Ende. Das war auch der Grund, dass sie schon früh die

Schule verlassen hatte und jetzt erst, schon zwanzig-jährig, mit einer Lehre beginnen konnte.

Maria erzählte von der Krankheit der Mutter, vom Leidensweg durch die Hospitäler, von der Armut, die ihr Leben bestimmt hatte, seit sie sich erinnern konnte, und von ihrem ersten Geliebten, der sie verlassen hatte. Michael spürte, dass Maria schon weit mehr vom Leben erfahren hatte, vor allem von den dunklen Seiten, als er, der stets wohlbehütete einzige Sohn.

Maria führte Michael zuweilen durch die nachtdunkle Apotheke, die ein wenig Licht von den Straßenlaternen draußen erhielt, zeigte ihm die Arzneiflaschen in den Regalen und die Schubladen voller Medikamente, erklärte ihm nicht ohne Stolz, was sie gelernt hatte, und freute sich darüber, dass er daran interessiert war.

„Du bist gut, du bist lieb, Micha, ich danke dir", sagte sie. „Komm, erzähl mir etwas. Bleib bei mir." Sie nahm seine Hand und legte sie an ihre Wange. Oder sie ließ ihre Hand über seinen Arm gleiten, dass es ihn vor Wonne schauderte.

Michael fühlte, wie ein neues Leben für ihn begann, eines, das er noch nicht kennengelernt hatte. Zuerst war es das Gefühl, dass wieder ein Mensch da war, für ihn da war wie früher die Mutter und dann die Großmutter, ein Mensch, mit dem er reden konnte, aber jetzt auch einer im gleichen Alter. Dann wurde es mehr, für beide. Ein Mensch des anderen Geschlechts war da, aus einer ge-heimnisvollen anderen Welt. Ein Mensch, der die Haare anders trug, dessen Augen anders blickten, der sich anders bewegte. Eine Verlockung voller Süße bemächtigte sich beider, und doch hielt sie etwas zurück, dieser Verlockung zu folgen, ohne mehr über die Gefühle des anderen zu wissen.

Als das Wetter milder wurde, fuhren sie am Sonntag mit der Straßenbahn hinaus in die Umgebung und wanderten an den Obstgärten vorbei hinauf in den Wald, über die Heide und zu den drei Seen, die in einem ausgedehnten Buchenforst lagen. Dort gab es auch ein kleines Jagdschlösschen. Wo sich früher adelige Damen und Herren verlustiert hatten, konnten nun die Ausflügler Getränke kaufen und sich erfrischen. Die ersten Blumen kamen aus der Erde, Huflattich, Veilchen, die Maria liebte, Anemonen, Schlüsselblumen, blaue Glöckchen, und endlich kam auch das Wunder der Kirschblüte. Zum Sommer hin wurden ihre Wanderungen immer ausgedehnter. Abends kamen sie müde zurück, glücklich über den gemeinsam erlebten Tag.

Auch wenn seine Gedanken nun häufiger abschweiften als früher, vernachlässigte Michael nicht sein Studium. Er gab auch nicht mehr Geld aus, denn seine Eltern gaben ihm schon alles, was sie ihm geben konnten. Wenn er Maria eine Freude machen, ihr Schokolade schenken oder mit ihr ins Kino gehen wollte, sparte er sich das nötige Kleingeld vom Munde ab, oder er brachte ihr, als das Frühjahr kam, abgeschnittene Blütenzweige oder einen schönen Wiesenstrauß, was ihm zwar etwas Mühe abverlangte, aber umsonst zu haben war.

So vergingen die Wochen. Manches Mal war Maria sehr müde von ihrer Arbeit. Dann legte sie sich auf ihr Bett, verlangte, dass Michael ihr vorlas, und war schnell eingeschlafen. Michael setzte sich neben sie auf den Stuhl und sah sie an. Er sah ihren halb geöffneten Mund, ihre zarten Wangen. Er dachte dann, es muss ein Glück sein, auf diese Wangen, auf diesen Mund einen Kuss zu drücken. Er sagte zu ihr: „Maria, ich liebe dich. Maria, du bist schön, weißt du, dass du schön bist?" Sie schlief. Ihre Brust hob und senkte sich langsam im Auf und Ab der Atemzüge. Er saß neben ihr auf dem Stuhl, bis sie im Schlaf unruhig wurde, die Lippen schloss, sich mit den Händen über das Gesicht fuhr.

„Micha, bist du noch da?" „Ja, Maria." „Warum liest du mir nicht weiter vor?" „Du hast geschlafen, Maria." Sie streckte die Hand aus. „Komm ein wenig näher." Er erhob sich, nahm ihre Hand und kniete sich hin zu ihr. „Warum zitterst du, deine Hand zittert?" „Maria", flüsterte er, legte den Kopf auf ihre Schulter und atmete den Duft ihrer Haut. Sie strich ihm über die Haare. Alles war so selbstverständlich und natürlich. „Was hast du, Micha?" Auch ihre Stimme bebte ein wenig. Er küsste ihre Wange. Sie schlang ihm ihre Arme um den Hals und atmete schwer.

Er suchte ihre Lippen und küsste zum ersten Mal lang und heiß einen Mädchenmund. Sie umarmte ihn wieder und stöhnte, den Mund an seinem Ohr: „Du, du, du", und sie bebte am ganzen Leib. Ihr Atem war heiß, ihre Wangen waren heiß. „Du", sie klammerte sich an ihn, und er spürte wie eine selige Betäubung ihre weiche Brust an der seinen. „O Micha", hauchte sie. Sie setzte sich auf, glühend rot im Gesicht, Michael überfiel ein Taumel, er blieb knien und wühlte wie trunken den Kopf in ihren Schoß. „Lass mich so knien, Maria." Sie wurde unruhig. „Steh auf, Micha, setz dich neben mich, komm, sei brav und lieb." Es war Zeit, ans Fenster zu treten, es aufzureißen und frische Luft zu schöpfen.

Jetzt war es über sie gekommen, sie liebten sich. Die Liebe hatte sie beide überfallen. Aber als Michael sein bisheriges, ganz in sich beschlossenes Leben aufgab und es mit einem anderen, mit Marias Leben, verband, ahnte er, dass sie beide von nun an verwundbarer waren, vielleicht sogar tödlich verwundbar. Er ahnte, dass der Tod nicht nur auf den Soldaten wartete, sondern auch auf die Liebenden. Und bald wusste er, dass ihre Zeit des reinen, unbeschwerten Liebesglücks nicht lange dauern würde."

Bis hierher hatte Dr. Lang gesprochen, ohne auch nur ein einziges Mal längere Zeit inne zu halten. Nun bemerkte er, dass seine Pfeife zu Ende geraucht war. „Trinken wir einen Schluck", sagte er, an Felix gewandt. Dann stopfte er seine Pfeife neu, steckte sie an und fuhr fort.

„Schon seit einiger Zeit drohte ein Krieg mit dem Nachbarland. Diese Bedrohung war auch der Grund für

Mangel und Not bei uns. Alle verfügbaren Ressourcen wurden in die Kriegsrüstung gesteckt. Und dann war es soweit. Niemand wusste genau, wessen Truppen zuerst den Angriff begonnen hatten. Erste Kampfhandlungen weiteten sich rasch aus. Von beiden Seiten wurden mehr und mehr Truppen eingesetzt, dazu Panzer, Artillerie, Kampfflugzeuge und anderes schweres Kriegsgerät. Michael musste mit einer baldigen Einberufung rechnen.

Wie viele junge Menschen, die ihre erste große Liebe erleben, hatte Michail keine Zweifel, dass er Maria heiraten würde. Er nahm ihren Kopf in beide Hände und beugte sich so dicht über sie, dass er den feuchten Glanz in ihren Augen sah. „Wirst du mich heiraten? Werden wir ein Kind haben?" fragte er.

Aber sie schüttelte den Kopf. „Das ist nichts für uns, nicht jetzt, vielleicht später", sagte sie. Er legte seine Hand um die junge Brust der Geliebten. „Aber ist das nicht der Sinn von dem, was uns erfüllt, was wir tun", sagte er. Sie antwortete ihm, mit einem etwas unsicheren Lächeln: „Micha, du denkst zu viel. Du musst nicht denken, wenn wir zusammen liegen."

Der Sommer war wie in jedem Jahr, weiße Wolken zogen über den blauen Himmel, der Duft des reifenden Getreides lag über den Feldern, brütend heißen Tagen folgten heftige Gewitter am Abend, die Abkühlung brachten. Und doch war dieser Sommer auch völlig anders als die vorhergehenden. Tausende und aber Tausende Menschen verreckten elend, weil einige das wollten. Der Mensch vertausendfachte den Tod. „Wir Frauen hassen den Krieg", sagte Maria. „Wir sind dafür gemacht, Kinder zu kriegen. Wir wollen keine toten Helden."

Die Generalmobilmachung wurde in Gang gesetzt. Michael erhielt wie viele andere Reservisten einen Einberufungsbefehl. Innerhalb von achtundvierzig Stunden hatte er sich am Standort seines Regiments zu melden. Maria wusste, dass er bald weg sein, vielleicht nie zurückkommen würde. Wenn er aber zurückkäme, wäre er wohl ein anderer und nichts mehr so wie vor dem Krieg.

Michael wurde in eine Uniform gesteckt, er wurde Soldat, er ging in den Krieg, war bald mitten drin. Er hörte und sah das niemals schweigende Feuer, er spürte Hunger und Durst, sah den Tod, die Verstümmelung, hörte das Heulen der Geschosse, die Schreie der Verwundeten, sah den Schmutz, die Verwüstung überall. Man brauchte einige Zeit, um sich daran zu gewöhnen, aber dann schwand die kalte Angst der Anfangszeit. Auch das Gefühl für die Zeit löste sich auf, Tag und Nacht flossen ineinander, was bedeutete schon morgen oder übermorgen oder in einer Woche?

So wie Michael die Tage und Wochen nicht mehr zählte, verblasste auch seine Erinnerung. Was war das Leben? War es noch das wunderbare, größte Geheimnis dieser Welt? Nein, es war nur noch etwas, was in Bruchteilen einer Minute ausgelöscht werden konnte. Man bemerkte es erst, wenn es aus einem Kameraden gewichen war. Was war die Liebe? Sie war ein Märchen aus der Kindheit, eine bunte Seifenblase am Ende eines Strohhalms. Der Wind trug sie weg, und sie zerging. In seiner verblassenden Erinnerung saß ein Mädchen in einer kleinen Kammer vor einem erkalteten Ofen und sah ihn aus freudlos gewordenen Augen an.

Bald waren von denen, die mit Michael ausgerückt waren, nicht mehr viele dabei. Die anderen: verwundet, tödlich getroffen, verschüttet, von einer Mine in Staub aufgelöst. Ihre Einheit wurde zurückgezogen, Ersatz kam, sie wurden wieder nach vorne geworfen, marschierten und marschierten, alles wiederholte sich.

Von seinen Eltern erhielt Michael regelmäßig Briefe, und auch Maria schrieb, kurze Briefe. Sie klagte nicht, sie beteuerte nicht ihre Liebe, doch er glaubte, zwischen den Zeilen zu lesen, wie verlassen sie sich fühlte. Sie wohnte immer noch in dem Zimmer in der Apotheke. Das Leben werde schwerer, schrieb sie, aber wahrscheinlich sei es nichts gegen das, was er durchzumachen habe. Und sie wünschte sich, ihn wenigstens noch ein einziges Mal wiederzusehen. Einmal hatte er ein paar Tage Urlaub, die ihm vorkamen wie Minuten. Als er wieder fort musste, sahen seine Eltern ihn nur traurig an, aber Maria klagte weinend und verzweifelt an seiner Brust, und er versuchte vergeblich, sie zu trösten.

Dann erwischte es auch Michael. Ein Granatsplitter traf ihn in die rechte Hüfte. Die Sanitäter kamen, das

Morphium betäubte seine wilden, bohrenden Schmerzen. Er erwachte in einem weißen Bett in einem Lazarettsaal mit weißen Wänden und Vorhängen an den Fenstern. Eine Schwester kam und lächelte ihn an: „Ja, Sie sind schon operiert. Der Arzt hofft, dass Sie nicht hinken werden, vielleicht ein wenig nachziehen werden Sie das Bein. Die Mädchen werden zu Ihnen hinsehen und wissen, dass Sie ein Held sind." Ob ihm sonst nichts fehle? Nein, sonst sei er heil geblieben. „Aber ein Held wollte ich gar nicht werden", sagte er noch.

Der Arzt hatte die Knochensplitter herausgenommen, so gut er vermochte. Auch ein paar Stofffetzen von der Kleidung waren zutage gekommen. Man hatte zusammengenäht, was zerfetzt war, auch dies, so gut es ging. Dann konnte man nur noch hoffen, dass die Wunde heilt. Aber sie heilte nicht. Sie eiterte, das Fieber kam wieder. Manche, die nach Michael eingeliefert wurden, standen vor ihm auf und lernten gehen mit ihren Krücken. Bei anderen riss der dünne Faden, der sie noch am Leben gehalten hatte. Wenn Michael an Maria dachte, wollte er bald gesund werden. Aber es hing nicht von seinem Willen ab.

Eines Abends setzte sich der Oberarzt an Michaels Bett. „Ich will Sie noch einmal operieren", sagte er. „Sie sind sehr schwach, es ist nicht ohne Risiko, aber so geht es nicht weiter. Ich muss etwas übersehen haben in ihrer Hüfte. Und ich möchte nicht, dass Ihre Braut allzu lange auf Sie zu warten braucht."

Bei der ersten Visite nach der Operation kramte der Arzt eine kleine graue Scheibe aus der Tasche seines weißen Kittels und hielt sie Michael vor die Augen. „Was ist das, Soldat?" Aber Michael wusste es nicht. Der Arzt nahm aus dem Spind den grauen Uniformrock, den Michael getragen hatte, als er getroffen wurde, und hielt ihn hoch. „Was fehlt hier, Soldat?" „Ein Knopf fehlt", sagte Michael leise. „Er *hat* gefehlt, nun ist er wieder da", sagte der Arzt, „er hat sich eine Zeitlang in Ihrem Körper aufgehalten, an einer völlig unpassenden Stelle."

Diesmal hatte der Arzt den Tod besiegt. Das Fieber ging zurück, die Wunde schloss sich. Michael kam wieder zu Kräften. „Sie werden nicht gleich fliegen können", sagte der Arzt, „eine Weile müssen Sie schon mit Krücken herumlaufen. Später brauchen Sie noch einen Stock, dann gar nichts mehr."

Das Lazarett schrieb ihm einen Bahnfahrschein zu seinem Divisions-Standort, wo er ausgemustert werden sollte. Er konnte einen Zwischenaufenthalt einlegen, um Maria zu sehen. Der Weg vom Bahnhof zur Apotheke war weiter als er in Erinnerung hatte, und das lange Gehen strengte ihn an. Schließlich stand er vor der Apotheke, noch auf der anderen Straßenseite. Er musste sich erst Mut machen, hinüber zu gehen und einzutreten. Er war ja nun ein Krüppel mit seinem Hinkebein und dem Stock, und sein Uniformmantel hatte verwaschene braune Flecken, Blutflecken.

Zwei Apothekerinnen standen nebeneinander hinter dem Verkaufstisch, als ob sie auf ihn gewartet hätten. Er fragte nach Maria. Die jüngere zog gleich ihr Taschentüchlein und fing an zu heulen. Da wusste er schon fast alles, bevor die ältere der beiden ihm erzählte, was geschehen war. Nein, er hatte noch nicht alles überstanden, auch wenn er dem Krieg entronnen war und der Oberarzt dem Tod ein Schnippchen geschlagen hatte.

Was geschehen war, ist schnell berichtet. Die Sirenen hatten einen bevorstehenden Luftangriff auf die Stadt angekündigt. Während die Bewohner aus den oberen Stockwerken sich im Keller in Sicherheit brachten, blieb Maria in ihrem Zimmerchen hinter der Apotheke. Die Bombe traf das Hinterhaus, schlug genau in den Teil des Gebäudes ein, in dem sich Maria befand. Zwischen den Trümmern fand man nur die kaum mehr kenntlichen Überreste der jungen Frau. Das alte Drosselmännchen in seinem zerbeulten Bauer war unversehrt geblieben.

Michael nickte nur, grüßte kurz und ging hinaus auf die Straße. Nun war er also wieder allein. Seine Einsamkeit war schlimmer, viel schlimmer als je zuvor. Maria hatte ihn etwas vom Himmel sehen lassen. Nun blieb ihm nur diese Erde, durch deren Schmutz er die letzten zwei Jahre gewatet war, vorbei an Granattrichtern und den Wracks ausgebrannter Panzer, über verstümmelte Leichen und zerfetzte Baumstämme, durch Straßen mit dem Schutt und den Trümmern dessen, was einmal menschliche Ansiedlungen waren. Warum hatten die

Granatsplitter ihn nicht zu Tode getroffen, warum konnte der Chirurg ihn nicht einfach sterben lassen, warum musste er ihn unbedingt noch einmal operieren? Er fand keine Antworten."

Dr. Lang hielt inne und schwieg eine Weile. „Weiter gibt es nicht viel zu erzählen", sagte er schließlich. „Gewiss haben Sie schon erraten, dass ich jener Michael bin und dass die junge Frau auf der Fotografie meine Maria ist. Nachdem der Krieg vorbei war, habe ich das Studium zu Ende gebracht und war einige Jahre auf Wanderschaft. Dann wollte ich mich selbständig machen und suchte nach einer Apotheke, die ich pachten konnte.

Dass ich nun gerade diese gefunden habe, war ein Zufall, wenn auch ein seltsamer. Der alte Apotheker, einstmals Marias Chef, war krank geworden und musste aufgeben. Seinen Erben habe ich die Apotheke abgekauft. Fast genau an der Stelle, wo wir jetzt sitzen, hat Maria den Tod gefunden."

„Die kaputte Hüfte", schloss Dr. Lang mit einem kleinen Lächeln um die Lippen, „schmerzt nur noch selten. Bei nassem Wetter nehme ich schon mal einen Stock zu Hilfe."

Der Fremde

Am 5. Juli 1946, wenige Minuten nach zwölf Uhr, gab der englische Sergeant dem Grenzposten ein Zeichen. Der Schlagbaum, der Ost und West, die russische von der britischen Zone Deutschlands trennte, senkte sich. Staub- und schweißbedeckte Gestalten, die kurz vor der Demarkationslinie waren, hatten sich zu einer letzten großen Anstrengung aufgerafft und es gerade noch geschafft. Zehntausende waren noch auf russischer Seite im Anmarsch, in der glühenden Hitze des Jahrhundertsommers. Ohne Verpflegung, ohne Obdach, und nun auch ohne Hoffnung, denn von jetzt an war die innerdeutsche Grenze dicht.

Flüchtlinge und Vertriebene aus den Ostgebieten waren in der russischen Zone noch zahlreicher als in den westlichen Besatzungszonen. Mecklenburg, das stille Bauernland, hatte mehr als doppelt so viel Einwohner als früher, die Bevölkerung Thüringens war durch Umsiedler und Evakuierte auf das eineinhalbfache angewachsen. Katastrophale Verhältnisse herrschten. Kinder hatten aufgedunsene Hungerbäuche, die Tuberkulose grassierte. Und der Flüchtlingsstrom riss nicht ab. Die Westmächte hatten ihre Grenzen gesperrt, in der Ostzone kamen aber noch Tag für Tag neue Transporte an, aus den noch weiter östlich liegenden ehemals deutschen Gebieten, aus Polen, Russland, dem Baltikum, aus den Balkanstaaten.

Wen wundert es da, dass die Menschen Auswege aus dieser hoffnungslosen Lage suchten. Viele, sehr viele gelangten über die grüne Grenze in den Westen, mit Sack und Pack, bei Nacht und Nebel, oft geschützt vom hohen, grünen Waldvorhang der deutschen Mittelgebirge. Die deutsch-deutsche Grenze war noch nicht vermint, noch nicht von Scheinwerfern gleißend hell erleuchtet, mit keinem gepflügten Todesstreifen versehen. An vielen Stellen konnte man sie überqueren, im Harz und auch anderswo.

Am einen Tag standen sie noch auf der anderen Seite, schimpften auf den Krieg, die Grenze, auf die russischen Posten, die wieder einen erschossen hätten, hundert Meter vor dem Wald. Am folgenden Tag standen sie auf englisch besetztem Boden, waren froh und gut gelaunt. Sie hatten ihn geschafft, den Weg vom Regen in die Traufe. Ihnen würde es hier im Westen materiell erst einmal nicht besser gehen, das wussten sie, aber sie hatten genug von Marschkolonnen, Einheitspartei und Bespitzelung, nach zwölf, dreizehn Jahren; das brauchten sie nicht noch einmal.

Es gab aber auch andere; die kamen über die Grenze, weil sie etwas zu verbergen hatten, weil sie auf der

Flucht vor etwas waren, von dem niemand wissen sollte. Im Westen, so hofften sie, würde keiner sie erkennen, könnten sie untertauchen.

Zu den vielen, die in jenem Sommer nunmehr illegal, schwarz, über die Grenze von drüben nach dem Westen wollten, gehörte auch Ulrich. In dem letzten Dorf vor den Höhen des Harzer Fichtenwaldes fragte er, ob ihm jemand den Weg zeigen könne. Man nannte ihm einen, der den Weg gut kenne und schon viele Male Menschen hinüber gebracht habe. Aber man warnte ihn auch vor dem, der sei gerissen.

Am Abend traf Ulrich den Schleuser. Sympathisch war ihm der nicht, ein hagerer, kleiner Kerl mit flachsblondem Haar und wasserblauen Augen, die nah beieinander standen und ausdruckslos dreinschauten. Er nannte sich Volker, aber die anderen nannten ihn einfach den Blonden. Der Blonde kannte die Gegend ganz genau, und er ging nachts, das war am sichersten. Sein Blondhaar verbarg er unter einer Kappe. Ulrich bezahlte ihn mit einigen Stücken des Schmucks seiner verstorbenen Mutter, den er mitgenommen hatte.

Der Blonde wusste einen Weg durch Niederwald und Gestrüpp, einen guten Weg. Es waren fast dreißig Kilometer Fußmarsch. Irgendwo zwischen Brocken und Torfhaus, im dichten Unterholz des Harzer Fichtenwaldes, querten sie die Grenze. Dann, auf der britischen Seite, machte der Blonde eine Pause, sie sollten ein wenig schlafen und sich ausruhen. Später, nachdem sie sich schon getrennt hatten, stellte Ulrich fest, dass der Blonde nicht nur den Weg kannte, sondern sich auch auf anderes verstand: im Schlaf hatte er ihm noch den Rest des Schmucks gestohlen.

Der Blonde hatte Ulrich erzählt, er habe vor einigen Tagen gegen Barzahlung in der Zigarettenwährung einen Mann, eine junge Frau und eine Menge Gepäck über die Grenze gebracht. Da war er auch in der Nacht gegangen, weil er nachts die Gewehre der russischen Posten nicht zu fürchten brauchte. Ulrich hatte gefragt: „Und der Mann? Und die Frau? Hatten die auch nichts zu befürchten?" „Ach was", sagte er, „mich hätten sie sowieso nicht erwischt." „Aber der Mann und die Frau?" „Die hab ich ja geführt. Ich kenn jeden Weg hier." „Aber du hast doch selbst gesagt, dass sie schießen?" „Wenn du nicht stehen bleibst, hab ich gesagt." Er hatte herüber geblinzelt. „Vorher rufen sie, hab ich gesagt, und dann musst du stehen bleiben. Wenn du nicht stehen bleibst, dann schießen sie. Und weil es dunkel ist, Mensch, in der Dunkelheit … Bist du Soldat gewesen? In der Dunkelheit zu treffen, Mensch, dazu gehört schon einiges."

Nachdem Ulrich sich von dem Blonden getrennt hatte, zog er weiter gen Westen auf der Suche nach Arbeit. Sein Fahrrad hatte er drüben zurücklassen müssen. So marschierte er zu Fuß weiter, wurde auch mal von einem Bauernwagen ein Stück mitgenommen und ergatterte einen Platz in einem der überfüllten Züge. Er wollte weit weg von seiner Heimat jenseits der Grenze, nur irgendwo hin, wo ihn keiner kannte. Schließlich fand er im Westfälischen Arbeit auf einem Hofgut. Es war ja noch Sommer, und es gab genug Arbeit bei der Ernte bis weit in den Herbst hinein. Auch den Winter über konnte er dort bleiben. Er kannte sich mit dem Vieh aus, er war bescheiden und nahm mit einem Strohlager in der Knechtskammer, die er sich mit einem anderen teilte, vorlieb. Im Frühjahr wanderte er wieder weiter, ins Rheinland, und suchte sich neue Arbeit. Aber er fühlte sich fremd dort, und es zog ihn zurück in das Land am Harz.

Es war wieder Sommer, und Arno, der Riedbauer, freute sich über einen zusätzlichen Helfer, der gute Arbeit leistete und keine Ansprüche stellte. Der Bauer nannte einen großen Hof sein eigen mit stattlichen Gebäuden, ausgedehnten Äckern und Weiden und einem beachtlichen Viehbestand. Freilich waren auch einige saure Wiesen dabei, eben jene, durch die sich der Riedbach schlängelte. Eine Mühle gehörte dazu und eine kleine Brauerei. Der Riedbach hatte somit auch sein Gutes; er speiste nicht nur den Mühlenteich, sondern auch einen kleinen Weiher, der im Winter gänzlich zufror und das Eis für den Brauereikeller lieferte, wo es bis in den Spätsommer im Kühlen gelagert werden konnte.

Nur zwei Dinge fehlten dem Riedbauern: ein männlicher Erbe und die Frau, die bald nach der Geburt der jüngsten Tochter gestorben war. Er glaubte, seine drei

Töchter Irene, Gesine und Erika sehr zu lieben, und er war glücklich darüber, dass sie da waren. Und doch hatte er sich lange gewünscht, dass noch ein Sohn folgen würde. Für eine zweite Heirat fühlte sich Arno zwar noch nicht zu alt, und junge Frauen, die ihn gern geehelicht hätten, gab es auch, aber er hatte keine finden können, die ihm gut genug war. So bestand wenig Hoffnung mehr auf einen Sohn. Gar so unrecht war dem Bauern das Fehlen eines Sohnes aber auch wieder nicht. Er dachte an seine Jugend zurück; wie hatte er sich doch am Vater gerieben, wie lange im Unfrieden mit ihm gelebt, so lange, dass er darüber in die Fremde gegangen war und erst zurückkam, als der Vater krank und bettlägerig wurde. Und auch dann war es noch schlimm.

Der Bauer hatte sich nach 1933 politisch stark engagiert, war in die NSDAP eingetreten und zum Kreisbauernführer aufgestiegen. Beim Entnazifizierungsverfahren wurde er als NS-fördernd eingestuft, das Lager blieb ihm jedoch erspart. Nun fanden sich die alten Seilschaften allmählich wieder zusammen. Arno und andere ehemalige Parteigenossen wollten erneut Einfluss gewinnen, zumindest auf die Landwirtschaftspolitik. So war der Bauer immer mal wieder für ein paar Tage abwesend. Er wusste, dass er die Aufsicht über das Anwesen solange seiner ältesten Tochter, Irene, überlassen konnte, die für ihre zwanzig Jahre schon viel Können, Erfahrung und auch Schneid besaß. Und jetzt war da auch Ulrich, der neue Knecht, der sich gut anließ.

Dass der Knecht sich trotz seiner Zurückhaltung gleichwohl um Irene bemühte, entging dem Bauern nicht völlig. Ulrich half der Tochter, wie und wo er nur konnte, ohne je den Versuch zu machen, sich über sie zu erheben. Er lag ihm daran, alle Arbeiten zu ihrer besonderen Zufriedenheit auszuführen. Er las ihr jeden Wunsch von den Augen ab. Das passte dem Bauern nicht sonderlich, aber vorerst war es für ihn von Nutzen. Man konnte den Fremden doch jederzeit wieder wegschicken, sollte der es zu arg treiben, und seine Tochter schien sich nichts aus ihm und seinem Verhalten zu machen. Der Bauer ahnte nicht, dass Irene in Ulrich bald mehr als einen Knecht zu sehen begann.

Gerade in einer Zeit, als der Bauer sich wieder einmal in der Stadt aufhielt, geschah ein Unglück auf dem Hof. Wie gewöhnlich las die Magd Lena, die sich um Gesine und Erika, die kleinen Mädchen, zu kümmern hatte, wieder nachts im Bett. ‚Auf dem Kopf hat sie die Haube, in der Hand die Gartenlaube‘, dichtete schon Wilhelm Busch. Heute war der Strom abgestellt, wie schon des Öfteren. So musste eine Kerze das zum Lesen nötige Licht spenden. Lena döste, nickte und schlummerte schließlich ein. An das Kerzenlicht dachte sie nicht mehr.

Erst brannte nur die Zeitung, dann der Vorhang, das Fenster, die Tür zum Zimmer nebenan, wo die Kinder schliefen, die Holzdecke. Lena wurde wach, rannte auf den Flur und die Treppe hinab, sie rief das ganze Haus

aus dem Schlaf, aber die kleine Erika, die heute ausnahmsweise bei ihr im Zimmer im Kinderbettchen schlief, die hatte sie für einen Moment vergessen. Unten lief man schon ins Freie, Eimer wurden geholt, eine Menschenkette formierte sich, ein dicker Wasserschlauch wurde ausgerollt und angeschlossen, das Löschen begann.

Irene suchte die kleinen Mädchen, sie erblickte Gesine, die da in ihrem Nachthemdchen verängstigt stand, aber sie sah Erika nicht, die jüngste. Irene fing an zu rufen, zu schreien, sie war voll Angst. Sie stürzte zur Haustür, aber im Treppenhaus war nur Qualm und Rauch und Flammen, es war kein Durchkommen nach oben. Sie stürzte wieder hinaus in den Hof, schrie um Hilfe. Ulrich, der eben noch den Wasserstrahl auf das brennende Fenster gerichtet hatte, übergab an seinen Nebenmann, schlang ein nasses Tuch um Mund und Nase und verschwand im Haus. Wenig später kam er zurück, schrecklich hustend, er konnte kaum mehr sehen, seine Augen brannten, Haare, Hemd und Hose waren angesengt, aber er hatte die kleine Erika auf den Armen! Die lebte, war unversehrt, sah nur mit großen, schreckensstarren Augen in die Runde, bis die große Schwester sie umfing. Der Brand wurde gelöscht, der Schaden war groß, aber kein Menschenleben war zu beklagen. Ulrich erholte sich bald wieder.

In jener Nacht war Irenes heimliche Liebe zu Ulrich, dem Knecht, noch einmal gewachsen. Er hatte alles für ihre Familie getan, was ein Mensch tun konnte, er hatte sein Leben riskiert. Irene war nun sicher, dass ihre Zuneigung zu Ulrich, die sie mehr und mehr gespürt hatte, nicht nur eine mädchenhafte Schwärmerei war, die auch wieder vorübergeht. Sie wusste jetzt: Wenn sie ihr Leben mit dem eines Mannes verbinden würde, dann wäre Ulrich dieser Mann und kein anderer.

Der Riedbauer war von seiner Reise so schnell als möglich zurückgekommen. Irene hatte ihm ein Telegramm geschickt und ihn die schlechten und die guten Nachrichten wissen lassen. Der Bauer konnte nicht umhin, Ulrich zu danken. Aber er haderte mit sich, dass er nicht selbst auf dem Hof war, um die Gefahr abzuwenden. Und er musste sich eingestehen, dass er eine Abneigung gegen Ulrich zu empfinden begann, weil der an seiner Stelle da war, und, mehr noch, weil er ihm jetzt verpflichtet war.

Eines Abends stand am Hoftor ein Mann, den Ulrich schon fast vergessen hatte. Es war der Blonde. Man öffnete ihm, er hatte Ulrich schon gesehen. Er musste bemerkt haben, wie überrascht, ja erschrocken Ulrich bei seinem Anblick war. Der Blonde aber sah ihn ausdruckslos an, keine Regung war auf seinem Gesicht erkennbar, als schien er nichts anderes erwartet zu haben als ihm hier zu begegnen. „Gut getroffen hast du es hier", sagte der Blonde und wies mit dem Kopf auf Irene, die aus dem Haus getreten war. „Ich komme, Ihnen Glück zu wünschen, junge Frau. Ist der Bauer zu Hause?"

Aber er hatte es nicht eilig, den Bauern zu sehen. Ulrich interessierte ihn jetzt mehr. Wie der hier zu Ansehen gekommen war, erzählte man sich in den Dörfern und auf den Höfen rundum, und der Blonde hatte auch davon gehört. Er kam viel herum und kannte sich hier unten genauso gut aus wie oben in den Bergen und drüben, jenseits der Grenze.

Dass der Blonde hüben wie drüben Geschäfte machte, war kein Geheimnis. Man munkelte, er sei ein Schleuser. Dass er mit Schnaps handelte, das war gewiss. Schnaps gab es drüben genug, selbst gebrannten und auch russischen Wodka. Man nahm zwei leere Flaschen mit, ging über die Grenze nach drüben, gab die leeren Flaschen ab und erhielt dafür eine gefüllte. Der Preis betrug 50 bis 60 Reichsmark. Im Westen kostete die Flasche Schnaps schwarz dann 200 bis 250 Reichsmark. Nur ein Haken war dabei. Man musste erst zwei leere Flaschen haben. Leere Flaschen waren knapp. Aus diesem Grund musste man für eine leere Flasche diesseits ebenfalls 60 Reichsmark zahlen.

Das führte viele Harzer auf die Flaschenjagd, die fast ebenso lohnend war wie der Schmuggel mit dem Geist, aber weit risikoärmer. Sie fuhren weit ins diesseitige Land hinein und kauften leere Flaschen auf. Weit besser und einträglicher funktionierte dieser Handel und Schmuggel, wenn man mit englischen oder amerikanischen Zigaretten bezahlen konnte. Diese Währung war auch drüben sehr beliebt, nicht zuletzt bei den russischen

Soldaten. Sie verkauften dafür den Wodka, der zu ihrer Grundverpflegung gehörte, und sie ließen sich auch bestechen.

In all diesen Dingen kannte sich der Blonde bestens aus. Er kam auf die Höfe und tauschte Schnaps und Zigaretten gegen Schinken und Würste, mit denen er wieder Zigaretten einhandelte. Für die Frauen hatte er billigen oder auch besseren Schmuck zur Hand und seltene Gewürze für die Küche. Wenn er schon den Männern den Schnaps lieferte, mit dem sie sich zum Kummer der Frauen betranken, so wollte er doch die Weiblichkeit auf andere Weise wieder für sich einnehmen.

Jeder Besitzwechsel war mit einem Gewinn für den Blonden verbunden. Er konnte davon leben, sich auch mal ein anständiges Zimmer für die Nacht im Gasthaus leisten oder ein gefälliges Mädchen in der Stadt. Er kam herum und wusste über vieles besser Bescheid als jeder andere. In ihm kannte sich aber keiner aus. Doch die Leute brauchten ihn. Das war sein Vorteil, seine Stärke, das nutzte er aus. Er hatte, wie eine Spinne, an den Giebeln der Häuser im Land gleichsam Fäden angeknüpft. Wo sich etwas tat im Haus, zuckte der Faden, und der Blonde fand sich ein.

Und nun wollte er mehr über Ulrich wissen. „Du hast mich wohl vergessen? Aber lass hören, hast du nun ein Eisen bei der Jungfer im Feuer?" Der Blonde lachte ein wenig. „Wenn du etwas von mir willst, dann komm mir anders!" antwortete Ulrich verärgert. Aber er bekam es mit der Angst.

Als der Bauer wieder einmal in der Stadt war, fasste Ulrich sich ein Herz. „Irene, ich muss mit jemand reden, und dieser Mensch kannst nur du sein." Ulrich presste die Worte aus sich heraus. Es war schwerer, als er gedacht hatte. Er hatte geglaubt, dass er als Knecht niemals über seine Vergangenheit die Wahrheit zu sagen brauchte, denn wer fragte in diesen Zeiten einen Knecht danach, wie sein Leben verlaufen war? Knechte kamen von irgendwo her, nicht wenige aus dem Osten, und nach einiger Zeit gingen sie wieder. Wie viele Menschen waren in dieser Zeit von irgendwo vertrieben, waren entwurzelt worden? Sie hatten nur noch das, was sie am Leib trugen, in einem Bündel auf dem Rücken, einem Koffer in der Hand mit sich schleppten. Wenn einer viel hatte, zog er einen beladenen Handwagen hinter sich her. Ausweispapiere waren abgenommen und nicht zurückgegeben worden, waren verloren gegangen, verbrannt, durch Nässe zerstört. Darüber wunderte sich niemand.

Auch Ulrich hatte erfahren, dass der Blonde immer noch jenseits der grünen Grenze unterwegs war, dort, wo sein, Ulrichs, früheres Leben lag, das er zu verbergen suchte. Der Blonde musste damals an Ulrichs Sprache gehört haben, dass er auf seiner Flucht nicht von weither kam, und er glaubte sicher, dass der auf seine Spuren stoßen werde. Und dann? Er würde schon dafür sorgen, dass Ulrichs Vergangenheit an den Tag käme, wenn es für ihn nützlich wäre.

Aber nicht der Blonde sollte sein Leben, sein Unglück ausgraben, nicht der! Darum wollte er jetzt sprechen. „Irene, es ist etwas geschehen, früher, nicht jetzt. Früher!" beteuerte er nachdrücklich, als er sah, dass sie bis in die Lippen erblasste. „Darüber will ich mit dir sprechen, dass es einer weiß, der zu mir steht. Freilich weiß ich nicht, ob du es hören willst." Es klang wie eine Frage. „Ulrich!" und sie reichte ihm die Hand. Er fühlte ihr Zittern. „Frag nicht, ob ich es hören will." Sie gingen schweigend ins Haus und setzten sich in die große Stube. Der Mond warf etwas Helligkeit herein. Sie machten kein Licht, so sprach es sich besser.

„Vielleicht hätte eine Mutter aus mir einen weniger wilden Jungen gemacht als der, der ich war. Aber eine Mutter hatte ich nicht; richtiger, ich habe sie nicht ge-kannt. Sie ist gestorben, als ich noch sehr klein war. So hatte ich meinen Vater. Ihm galt meine Liebe, meine Bewunderung. Ich glaube, er wollte von mir geliebt werden. Ob auch ich geliebt würde, von den anderen, darauf achtete er wohl nicht. So durfte ich viel, was er mir vielleicht hätte verbieten sollen. Ich prügelte mich mit den Gleichaltrigen, ich war kein guter, aber ein aufmüpfiger Schüler. Schon früh spielte ich mich gegen-über den Knechten und Mägden als der junge Herr auf."

„Mein Vater hatte einen der größeren Höfe in der Gegend, aber es gab größere. Da waren auch viele Kleinbauern, die nur ein paar Morgen Land und drei, vier Kühe hatten, die sie auch vor den Wagen und den Pflug spannten, Kuhbauern eben. Die verdingten sich als Tagelöhner bei den größeren Bauern."

„Einer von denen war Kotte. Er war im Alter zwischen meinem Vater und mir. Schon immer hatte Kotte meinen Vater um seinen schönen Hof beneidet. Kotte war im Dritten Reich ein überzeugter Nationalsozialist, er war schon früh in die Partei eingetreten und Mitglied der SA geworden. Er hat damals meinem Vater, der den Nazis ablehnend gegenüber stand, schwer zugesetzt."

„Ich erinnere mich noch gut: Für die Wiederkehr des Tags der Machtergreifung war die Weisung ergangen, alle Wohnhäuser mit der Fahne der Partei zu beflaggen. Mein Vater hat es unterlassen, ich nehme an, mit voller Absicht. Vater wurde angezeigt und vom Ortsvorsitzenden der Partei, das war Kotte, zur Rede gestellt. Der bedeutete meinem Vater, dass er durch sein Verhalten seine Zugehörigkeit zur Volksgemeinschaft in Frage gestellt habe. Wenn er nicht wolle, dass ihm weiter Schwierigkeiten erwachsen, solle er in die Partei eintreten."

„Mein Vater ballte die Faust. Ich begriff es nicht, dass er untätig blieb. Wenn ich erst groß bin, dann schlag ich den Kotte, schwur ich mir im geheimen und sagte das auch meinem Vater. Der strich mir über den Kopf und sagte: ‚Die Zeit wird schon kommen‘. Ich glaubte, er würde den Kotte erschlagen, wenn es Zeit ist. Aber vielleicht dachte er auch, dass die Tage des Dritten Reichs gezählt waren. Er hat es nicht mehr erlebt."

„Vater trat nicht in die Partei ein und passte sich auch sonst nicht an. Kotte betrieb und erreichte, dass man meinen Vater, der Offizier der Reserve aus dem Ersten Weltkriegs war, 1939 einzog und ihm, Kotte, die Bewirtschaftung des Hofs vorübergehend übertrug. Vermutlich hoffte er, dass mein Vater an der Ostfront fallen und ihm der Hof auf Dauer übertragen würde. Doch es kam anders. Vater wurde schon bald verwundet, sogar für seine Tapferkeit vor dem Feind ausgezeichnet, und er kehrte aus dem Lazarett auf den Hof zurück. Er war nicht mehr kriegstauglich, aber die Landwirtschaft konnte er weiter führen. Leider wurde Vater nie mehr richtig gesund und starb kurz vor Kriegsende. Ich übernahm den Hof."

„Nach dem Einmarsch der Roten Armee wechselte Kotte sehr schnell die Seiten und wurde Kommunist, ja, er gab vor, schon immer einer gewesen zu sein, und er sei nur erzwungenermaßen Nazi geworden, um Schikanen zu entgehen. Nach dem Beginn der Bodenreform durch die Sowjets witterte er seine Chance, Vorsitzender eines Volkseigenen Guts zu werden und unseren, meinen Hof, in dieses Gut übernehmen zu können. Er behauptete, dass der Hof mehr als Hundert Hektar umfasste; das hätte für mich die Enteignung bedeutet. Über die Größe des Hofs entstand eine erbittert geführte Auseinandersetzung. Nach meinen Unterlagen, die ich dem russischen Kommissar vorlegte, erreichte der Hof die kritische Größe nicht. Aber der Russe hatte anders lautende Informationen. Ich war sicher, dass neben anderen auch Kotte damit zu tun hatte. Jedenfalls brüstete sich Kotte, er würde schon dafür sorgen, dass ich vom Hof verschwinden müsste und dann nur noch ein einfacher Arbeiter wäre."

„Ich hatte meinen Onkel mütterlicherseits, der Rechtsanwalt in der Stadt war, um juristischen Beistand gebeten. Eines Tages machte ich mich nochmals mit dem Fahrrad auf den Weg zu meinem Onkel, weil es nicht gut um meine Sache stand. Zunächst fuhr ich auf Feldwegen, um später die Landstraße zu erreichen. Unterwegs bemerkte ich, dass Kotte mich auf seinem alten Motorrad verfolgte. Als ich durch den Erlenbruch fuhr, holte er mich schließlich ein und versuchte, mich vom Weg abzudrängen, was ihm auch gelang. Ich stürzte, konnte mich aber schnell wieder aufrichten. Ich war sehr erschrocken und verdattert, ich hatte große Angst. Kotte hatte angehalten und kam mit geballten Fäusten auf mich zu, Hass und Verachtung sprühten aus seinen Augen, mit mühevoll gebändigter Stimme stieß er hervor: ‚Jüngelchen, verschwinde von deinem Hof, hau´ ab, was hast du hier noch zu suchen, du halber Junker!'"

„Ich spürte in diesen Augenblicken, dass doch alles verloren war, der Hof würde mir weggenommen, so oder so. Der Hass und die Wut sagten mir, jetzt ist es genug, jetzt ist die Zeit da, und ich fühlte mich bedroht, ich wollte nicht verprügelt werden, von Kotte zusammengeschlagen werden, wie er schon andere zusammengeschlagen hatte. Alles war auf einmal da, war übermächtig, das Gefühl der Ohnmacht, die Aggression, eine wahnsinnige Angst."

„Ich hatte schon nach meinem Messer gegriffen, das ich immer bei mir trug, früher nur, um mir einen Haselstock zu schneiden oder einen harmlosen Apfel zu zerteilen, in letzter Zeit aber auch, weil ich mir davon versprach, mich besser wehren zu können, falls es nötig würde. Kotte machte noch drei Schritte, war dicht vor mir, ich wich seinem Faustschlag aus, meine Hand mit dem Messer fuhr heraus, zur Abwehr, er war kleiner als ich, ich traf ihn auf der linken Seite am Hals. Blut spritze. Er schrie auf, griff nach der Wunde und sank auch schon zu Boden. Ich stand wie gelähmt. Kotte blutete stark, mein Messer musste die Halsschlagader getroffen haben, er war angestochen, verblutete wie eine Sau, die geschlachtet wird. Dann war er tot. Ich aber lebte! Ich lebte und war ein Mörder."

„Als ich endlich begriff, was geschehen war, zog ich ihn ins Gebüsch, das Motorrad ebenfalls. Ich meinte, ihn wenigstens zudecken zu müssen. Ich suchte Äste und warf sie über ihn. Ich scharrte Laub zusammen und legte es darauf. Ich weiß nicht, wie ich es schaffte. Wie diese Augen mich anstarrten, immerzu sahen mich diese erloschenen Augen an. Ich war ihnen wie ausgeliefert. Mit zitternden Knien stieg ich auf mein Fahrrad, fuhr zurück zum Hof, war froh, dass ich niemand begegnete, mich niemand ansprach, ich hatte mehr Angst als je zuvor. Ich wechselte meine blutigen Kleider, packte das, was ich in meiner Verwirrung für das Notwendigste hielt und was mir teuer war, in meinen Rucksack und machte mich mit dem Fahrrad vom Hof und auf die Flucht."

„Aber dann zog es mich wieder zu dem Toten. Ich dachte, ich müsste ihn tiefer in den Bruch schleppen. Zuerst nahm ich das Motorrad und zog es zu einem Tümpel, wo es von alleine halb einsank. Den Toten deckte ich wieder ab, hob ihn mit Mühe auf meinen Rücken, dann begann eine Wanderung, von der ich nichts sagen kann, als dass sie durch die Hölle ging. Ich schleppte den Leichnam durch den Bruch und suchte und suchte das Wasser, wo ich ihn versenken wollte. Ich fand es nicht. Zuletzt war meine Kraft am Ende. Ich brach zusammen. Da ließ ich den Toten, wo er lag, und floh."

Sie schwiegen lange.

„Ich möchte dir noch etwas sagen." „Gibt es denn noch etwas?" fragte Irene tonlos.

„Ja, es gibt noch mehr. Ich habe ein Leben vernichtet, aber jetzt habe ich auch ein Leben retten können, das Leben deiner kleinen Schwester. Ich weiß, das konnte nicht die Tötung eines anderen aufheben. Aber eine Bestrafung durch Menschen kann es auch nicht. Ich hab mich ja schon selbst gestraft. Es hat nichts geholfen. Ich habe als Knecht gedient, die niedrigsten Arbeiten habe ich verrichtet. Ich habe mein Gehirn zermartert, es hat nichts gefruchtet."

Irene wusste keine Antwort auf seine unausgesprochene Frage. „Ulrich, warum habe ich das alles wissen müssen?" sagte sie fast ohne Stimme. „Warum? Wem hätte ich es sonst sagen können wenn nicht dir? Und ich musste sprechen, zu dir, Irene, jetzt!" „Warum jetzt? Ich verstehe es nicht." „Wenn ich nicht gesprochen hätte, dann würdest du es vielleicht bald von einem anderen hören, und das durfte nicht sein. Sieh, ich bin geflohen, ich war im Westfälischen, im Rheinland, ich war nie mehr als der letzte Knecht, aber dann zog es mich wieder hierher zurück, näher zur Heimat, wo die Menschen sprechen wie ich. Und ich hatte das Glück, auf eurem Hof Arbeit zu finden, dich zu finden."

Irene war aufgestanden, zu Ulrich hingegangen und hatte ihn wortlos in die Arme genommen. Sie küsste ihn, ihre Tränen rannen über ihre und seine Wangen herab. Sprechen konnte sie nicht. Sie sah auf seine Hände. Sie erschrak nicht vor ihnen. Es waren die Hände, die ihre kleine Schwester dem sicheren Tod entrissen hatten.

Die Zeit nach Ulrichs nächtlicher Beichte brachten für Irene Tage und Nächte voller Zwiespalt und innerer Unruhe. Draußen hielt der Frühling Einzug, und sie freute sich wie die anderen auf dem Hof am Erwachen der Natur. Aber sie musste auch immer über das Schwere und Grausame nachsinnen, das Ulrich ihr offenbart hatte, und versuchen es zu verarbeiten. Es verfolgte sie in ihre Träume. Im Traum ging sie im Bruch, in dem die Untat geschehen war. Vor ihr taumelte einer dahin – war es Ulrich? – und trug einen Toten auf dem Rücken – war es Kotte, Ulrichs Feind? Oder war Ulrich der Tote? Und wer war dann der, der ihn trug? War das ein Mann, war es eine Frau? Oder war er nicht tot? Lebte der? Richtete der sich nicht auf, gestikulierte mit Armen und Beinen, öffnete den Mund zu Worten oder Schreien, die sie nicht hören konnte? Sie wollte rufen, brachte aber keinen Laut hervor, sie wollte, dass der Taumelnde sich umdrehe, aber der hörte sie nicht. Sie wollte laufen, weglaufen oder hinlaufen, sie wusste es nicht, sie konnte nichts tun, sie war wie angewurzelt. Sie erwachte, Schweißgebadet, jedesmal.

Ulrich hatte jetzt viel zu tun. Es war März, die Saat musste in die Erde. Er und Irene sahen sich wenig. Der Bauer war wieder einmal für kurze Zeit abwesend und hatte für den nächsten Tag seine Rückkehr angekündigt. Am Abend davor wagte Ulrich, sie anzusprechen. „Irene, du wendest dich nicht von mir ab, jetzt? Oder doch? Ich muss es wissen." Sie antwortete ebenso kurz: „Kein Mensch könnte mir näher sein und näher kommen, als du es getan hast in jener Nacht, als du zu mir gesprochen hast. Ich bin dir näher, viel näher, als du denkst." Mehr mussten sie jetzt nicht voneinander wissen.

Bald, nachdem der Bauer aus der Stadt zurück war, kamen eines Sonntags der Pflüger-Bauer und sein jüngerer Sohn Walter zu Besuch auf den Riedhof. Die

Bauern kannten sich schon von Kind an und hatten sich immer gut verstanden. Sich gut verstehen war leichter, wenn man den anderen nicht zum direkten Nachbarn hatte. Es gab viel zu reden, über die Landwirtschaft, über die Politik, den Wiederaufbau des Landes nach dem Zusammenbruch bei Kriegsende, aber auch über die Kinder und das Heiraten, darüber, wie es mit den Höfen weitergehe, wenn man mal aufs Altenteil wechsle, was aber noch lange hin war. Jeder wusste vom anderen, dass es dessen Wunsch war, dass Walter und Irene ein Paar würden und Walter den Riedhof übernehmen solle, wenn Arno nicht mehr konnte oder wollte.

Das war auch der Grund, warum Walter den Vater begleitete. Er hatte Irene schon einige Zeit nicht mehr gesehen. Früher waren sie sich auf den Hof- und Dorffesten begegnet und hatten miteinander getanzt, oder Walter hatte das Pferd gesattelt, war hinüber geritten, und sie gingen mit der anderen Jugend des Dorfes spazieren. Mehr war aber nie gewesen. Walter hätte schon gern eine feste Freundin gehabt. Er kannte auch Mädchen, die das vielleicht werden wollten und die er mochte. Aber da war sein Vater strikt dagegen. Die Irene sollte es in seinen Augen sein und keine andere, und wenn Walter die Irene und den Riedhof haben wollte, durften keine anderen Liebeleien im Weg sein. Auch sein älterer Bruder Erich und dessen junge Frau teilten des Vaters Ansicht. So wollte Walter es bei der Irene wieder einmal versuchen.

Irene hatte den Walter immer gemocht, aber er war für sie nie mehr als ein Jugendfreund. Er war einer, der immer gute Laune hatte, Geschichten erzählte, tanzen konnte. So hätten sie vielleicht auch heute zusammen sein können. Aber sie wollte nichts an sich heranlassen, was nicht hineingehörte in ihr Erlebnis, welches das erste große Erlebnis ihres Herzens war. Alle Freundschaft, die sie mit dem jungen Bauern hätte verbinden können, war nichts gegen das, was sie für Ulrich fühlte, was sie mit Ulrich verband. Auch ihrem Vater zuliebe, der immer mehr Gefallen an Walter fand, änderte sie nicht ihre Gesinnung. Der Bauer merkte wohl, dass seine Tochter gegen den jungen Mann verschlossen blieb, und der spürte es auch und traute sich an dem Tag nicht, sich ihr zu nähern.

Wieder war ein arbeitsreicher Sommer und Herbst vergangen. Irene und Ulrich waren sich oft nahe bei der Arbeit, sie verstanden einander auch ohne große Worte, aber sie hatten nur wenig Zeit allein miteinander verbringen können. Zu viele Augen verfolgten sie auf dem Hof, die einen mit Neugier, die anderen mit Missgunst. Ob der Bauer bemerkte, dass sich zwischen den beiden etwas verändert hatte, wussten sie nicht.

Die letzte Sicherheit fehlte Ulrich noch immer. Da war ja auch Walter, der sich für Irene interessierte und den der Bauer gern als zukünftigen Schwiegersohn gehabt hätte. Irene fühlte Ulrichs Unsicherheit, sie kannte seine Zweifel. Noch hatten sie nicht alles, nicht das Entscheidende besprochen. Eines Abends nahmen sie beide ihren ganzen Mut zusammen und redeten miteinander über das Letzte zwischen ihnen. „Irene, wirst du zu mir stehen, oder ist es besser, wenn ich fortgehe?" wollte Ulrich wissen. Sie antwortete ihm, dass der Walter es aufgegeben habe, sich um sie zu bemühen. Sie habe ihm geschrieben und ihm eine endgültige Absage erteilt. Ulrich schaute in ein Frauengesicht, das todernst war und fein und glühend, weich und unsagbar hart zugleich. Ihn wolle sie, nur ihn! „Aber es wird schwer sein, Ulrich", sagte sie. Noch einen Atemzug standen sie da, getrennt, dann riss Ulrich das Mädchen in seine Arme, ihre Lippen besiegelten den Liebesschwur. Sie versprachen einander, dass sie um ihr Glück kämpfen wollten.

Dem Riedbauer war nicht entgangen, dass der junge Pflüger, der Walter, sich lange nicht mehr auf dem Hof hatte sehen lassen. Da Irene in der letzten Zeit den Hof fast nie verlassen hatte außer zum Kirchgang und zum Erntedankfest, konnten die beiden sich wohl auch nicht außerhalb getroffen haben. Nun wollte er der Angelegenheit auf den Grund gehen. Was sie, Irene, davon halte, wenn der Walter ganz offiziell zur Werbung komme. Nein, soweit sei sie noch nicht. „Die Werbung kannst du doch annehmen. Von Hochzeit ist ja noch keine Rede." „Aber, Vater, warum muss dann von einer Werbung die Rede sein?" „Der Walter wünscht es, sein Vater auch, ich wünsche es. Ich will doch nur dein

Bestes; so schnell wirbt kein zweiter junger Bauer um dich, der so ein gutes Wesen hat wie der Walter. Noch will ich keinen Schwiegersohn auf dem Hof, das kannst du dir denken. Aber ich will wissen, bald wissen, wer der Mann meiner Tochter wird und den Hof übernimmt, und dazu ist eine Verlobung nötig, in aller Form."

„Ich meine, es hat noch viel Zeit." Mit diesen Worten glaubte die Tochter die Aussprache beenden zu können. Aber der Vater blieb hartnäckig. „Du und Walter, ihr seid doch früher gerne beieinander gewesen, und er ist ein feiner und tüchtiger Bursche, was hast du gegen ihn?" „Ich sag kein Wort gegen Walter, natürlich ist er ein netter Kerl. Aber dass ich nichts gegen ihn sage, ist doch wirklich nicht Alles", entgegnete sie. „Was ist denn dann *Alles*?" wollte er wissen. „Wenn die Achtung da ist, kommt die Liebe von alleine, wenn ihr mal verheiratet seid und zusammenlebt."

Irene wurde angst. War es nun die richtige Zeit, ihrem Vater zu sagen, wie es um sie stand? Ihre Stimme zitterte, als sie ihr Schweigen brach. „Vater, ich liebe einen anderen, und er liebt mich auch, und er ist auch keine schlechterer Bauer als der Walter. Nur – ärmer ist er."

„Du sagst mir Sachen! Sachen, von denen ich nichts weiß! Die du hinter meinem Rücken treibst! Warum weiß ich davon nichts? Wer ist denn der überhaupt, der …?" Er schwieg. Sein Blick irrte umher, als suche er den, von dem die Tochter sprach, von dem er nichts wusste. Nun stand Irene der schwerste Augenblick bevor. „Es ist Ulrich, der Retter deiner jüngsten Tochter!" Der Bauer blieb stumm, ein paar Atemzüge lang. Dann lachte er grell auf, so grell, dass es Irene ins Herz schnitt. „Meine Tochter nimmt sich einen Knecht – wie – wie eine Stallmagd! So eine bist du!" Sein Lachen war bös, voller Hohn und verhieß nichts Gutes. Irene stand da wie vernichtet. Als sie wieder denken konnte, fielen ihr Ulrichs Worte ein: wirst du zu mir stehen? „Vater!" Sie wollte sich gegen den Knecht wehren. Aber der Bauer brauste noch einmal auf: „Wo hast du ihn – deinen – deinen …?" Er fand das Wort nicht und verließ die Stube.

Der Blonde war wieder einmal auf der anderen Seite der Grenze gewesen. Diesmal hatte er die Spur Ulrichs aufgenommen, und er war fündig geworden. Nun kam er zurück von drüben, mit einer Ausbeute, die sich sehen lassen konnte. Er brachte Fahndungsphotos mit, von denen eines Ulrich zeigte, das andere Hans Kotte. Und er hatte noch zusätzliche Informationen bekommen. Es hieß: die beiden seien am selben Tag verschwunden und nicht wieder aufgetaucht. Nach beiden werde gesucht. Ein Zusammenhang werde vermutet, zumal Zeugen ausgesagt hätten, es habe eine langjährige Feindschaft zwischen Kotte und Ulrichs Familie gegeben. Ein Gewaltverbrechen schlösse man nicht aus. Es hieß ferner, dass um zweckdienliche Hinweise aus der Bevölkerung gebeten werde.

Gerüchte bei den Leuten hatte der Blonde viele gehört. Weitere Nachforschungen bei offiziellen Stellen wollte er aber nicht betreiben. Er fürchtete, er selbst könnte zu einer Aussage gezwungen werden, warum er an der Sache interessiert sei und welche Informationen er habe. Wenn es schlecht liefe, hätte die Polizei ihn wegen illegalen Grenzübertritts festsetzen können. Immerhin war klar, dass die Fahndung schon seit Ulrichs Flucht in den Westen, also seit fast zwei Jahren, andauerte und nach Meinung der Leute kein Fortschritt erzielt war. Die Fahndung war offensichtlich auf die sowjetisch besetzte Zone beschränkt geblieben und nicht auf die britische und amerikanische Zone ausgedehnt worden. Dagegen stehe das Enteignungsverfahren zu Ungunsten Ulrichs kurz vor dem Abschluss, ebenso die Übernahme der Landwirtschaft durch ein Volkseigenes Gut.

Für den Blonden stand fest, dass Ulrich den Kotte getötet haben musste, denn Ulrich lebte ja. Aber drüben sagte er das niemand.

Der Blonde hatte heimlich die Fotos und den Fahndungstext von einer Anschlagtafel entfernt und an sich genommen. Beides wollte er zu gegebener Zeit dem Riedbauer zeigen. Er war sicher, dass der sie würde haben wollen, um sie seiner halsstarrigen Tochter zu zeigen, damit sie gegenüber Ulrich anderen Sinnes würde. Die Tochter würde dann zwar auf ihn, den Blonden, ihren Hass richten, aber sie mochte ihn sowieso nicht. Der Bauer aber wäre ihm verpflichtet, ebenso

Walter Pflüger und seine Familie. Was die dann weiter mit den Fahndungsunterlagen anstellten, ob der Bauer sie sicher und unter dem Sigel der Geheimhaltung verschließen oder der Polizei übergeben würde, das brauchte ihn nicht zu interessieren. Er jedenfalls wollte mit der Polizei oder gar dem Gericht nichts, absolut nichts zu tun haben.

Es kam, wie der Blonde es vorher gesehen hatte. Der Bauer hielt die Fahndungsunterlagen, die er von ihm bekommen hatte, wortlos seiner Tochter hin. Er brauchte nicht zu sagen, von wem er sie hatte, das erriet Irene auch so. Aber wenn er geglaubt hatte, sie von ihrer Liebe zu Ulrich abzubringen und in ihrer Haltung zu Walter umzustimmen, hatte er sich getäuscht. Irene wusste ja alles, das sagte sie dem Vater auch, ohne Einzelheiten preiszugeben. Und sie hatte ja alles gewusst, bevor Ulrich ihr seine Liebe gestand.

So griff der Bauer zum letzten Mittel, das er zu haben glaubte, übergab der Polizei die Fotos und sagte, was er wusste. Ulrich wurde vorgeladen, aber der war verschwunden. Die Polizei leitete die Fahndung nach ihm ein. Irene wurde vorgeladen, sie räumte aber nur ein, von der Flucht über die Grenze gewusst zu haben, nicht aber den Grund für die Flucht zu kennen; es waren ja so viele herüber gekommen, das war doch nichts Besonderes. Nicht einmal die Rolle des Blonden erwähnte sie.

Ulrich hatte sich rasch entscheiden müssen wegzugehen, bevor es zu spät war. Ins Zuchthaus wollte er nicht. Irene hatte ihn noch dazu überreden wollen, sich dem Gericht zu stellen. Gewiss könne auf Notwehr plädiert werden oder es würden mildernde Umstände anerkannt, und er käme bald wieder frei. Auf jeden Fall werde sie auf ihn warten. Ulrich konnte alles nicht so günstig sehen, er sah das Schlimmste auf sich zukommen. Er fürchtete das Arbeitslager, von dem er gehört hatte. Jedenfalls hatte er größte Angst, die Strafanstalt nicht anders als ein physisches und seelisches Wrack wieder zu verlassen. Irene wusste endlich auch nicht mehr, was das Richtige wäre.

Seit Ulrich so plötzlich, von Stunde auf Stunde, weggegangen war, hatte sich Irenes Wesen weiter verändert. Schon vorher war sie oft niedergeschlagen, hatte viel geweint und war schweigsam geworden. Doch dann war sie auch wieder zuversichtlich, sie hatte ja ihn. Ihre gemeinsam verbrachten Stunden, auch wenn sie nur kurz und selten waren, gaben ihr Glück und Freude, und sie hoffte, dass mit ihr und Ulrich schließlich alles gut würde. Nun war kein Lachen mehr von ihr zu hören. Sie fühlte nur noch diesen unaufhörlichen Schmerz, der ihr Herz zerschnitt. Eine stille, ernste Trauer bemächtigte sich ihrer, stand in ihrem Gesicht geschrieben. Sie trauerte um ihren Geliebten, als ob sie Witwe geworden wäre.

Ulrich blieb verschwunden. Es waren so viele unterwegs in jener Zeit auf den Straßen in Deutschland, viele waren heute da, morgen dort, ohne festen Wohnsitz oder

Obdach. Eine Fahndung in der Westzone erschien der Polizei aussichtslos, zumal Ulrichs Foto recht undeutlich war und man ihn damit nur schwer identifizieren konnte.

Schließlich wurde Ulrich in Abwesenheit des Totschlags angeklagt. Ihm einen Mord nachzuweisen wäre aussichtslos gewesen. Irene musste vor Gericht aussagen. Dass Ulrich ihr sein Verbrechen eingestanden hatte, verschwieg sie, auch wenn sie dadurch in große Gewissensbisse geriet. Vereidigt wurde sie aber nicht, da nicht angenommen werden konnte, dass sie eine Tatzeugin war. Wenn sie doch mehr wissen sollte, als sie sagte, dann konnte sie dies nur vom Hörensagen wissen, argumentierte das Gericht in Goslar. Es forderte auch die Unterlagen aus der russischen Zone an. Aber dort wusste man ja noch weniger, man hatte doch noch nicht einmal gewusst, dass Ulrich noch lebte. Die Russen verlangten die Auslieferung, aber Ulrich war ja nicht greifbar. Letztlich kam die Strafkammer zu dem Schluss, dass sie gar nicht zuständig sei, weil die Tat vermutlich in der Ostzone verübt worden war. Sie übergab die Akte den dortigen Stellen, und der Fall wurde im Westen ohne Urteil abgeschlossen.

Ulrich blieb verschollen. Er wurde nie mehr in der Gegend des Riedhofs gesehen. Einmal noch traf ein kurzer Brief von ihm an Irene ein. Der wurde vom Vater geöffnet. Ulrich bat Irene um Verzeihung für alles, was ihr seinetwegen wiederfahren war, und versicherte sie seiner unverbrüchlichen Liebe. Der Vater zerriss und verbrannte den Brief. Wann immer Irene in die Stadt kam, erkundigte sie sich auf dem Hauptpostamt nach postlagernden Briefen. Niemand weiß, ob sie je einen solchen erhalten hat.

Auf dem Hof war endgültig der Unfrieden zwischen Irene und ihrem Vater eingekehrt. Dass ihm ihre Liebe zu Ulrich nichts bedeutete, dass er gerichtlich gegen Ulrich vorgegangen war, um diesen zu vernichten, dass sie selbst sich durch des Vaters Handeln zu unwahren Aussagen vor Gericht genötigt sah, dass er sie weiterhin zwingen wollte, einen ungeliebten Mann zu heiraten, dass er sie gleichsam zur Witwe gemacht hatte, dass also ihr Leben durch den Vater zerstört schien, das alles konnte sie schwerlich verzeihen.

Und der Riedbauer? Er befand sich in einem großen Zwiespalt. Er redete sich ein, er habe nicht anders handeln können. Recht musste Recht bleiben. Er konnte doch nicht eine Heirat seiner Tochter mit einem hergelaufenen Totschläger billigen, und noch weniger hätte er dem den Hof überlassen, auch wenn er noch so tüchtig war. Die Tochter hatte in seinen Augen ein Verbrechen vertuscht, einen Mörder gedeckt, den guten Ruf der Familie ruiniert.

Aber ihn quälte auch die Unsicherheit, ob er in allem wirklich richtig gehandelt hatte, noch mehr, wie er sich nun verhalten solle. Er sah mit Schmerzen, dass er die Liebe und Achtung seiner Tochter mehr und mehr verloren hatte. Zuweilen erschrak er auch über seine

Hartherzigkeit seinem Kind gegenüber. Aber er war nicht fähig, auf seine Tochter zuzugehen und eine Aussöhnung zu versuchen.

Irene sah für sich keine Zukunft mehr auf dem väterlichen Hof. Sie wollte weg, vielleicht nach Amerika, wollte Abstand gewinnen, dort ein neues Leben beginnen. Sie bat den Vater um eine Summe Geldes, das sie auch erhielt. Schweren Herzens verabschiedete sie sich von ihren Schwestern, von den Menschen, die sie mochte, von Allem.

Gesine heiratete bald weg auf einen anderen Hof. Den Riedhof übernahm später Erika, die Jüngste. Sie war zu einer tüchtigen Bäuerin herangewachsen und hatte auch einen jungen Bauern gefunden, der dem Alten zusagte. Gelegentlich trafen Briefe von Irene aus Australien ein; dort versuchten damals viele einen Neuanfang. Die Briefe waren an die Schwestern gerichtet. Niemand erfuhr, was Irene geschrieben und ob sie Ulrich je wiedergesehen hat.

Tod im Sandveld

Der Farmer Klaus Richter legte großen Wert darauf, dass die Herden mit Sonnenaufgang auf die Weide kamen. Allmorgendlich kündigten ihm die schlurfenden Schritte und die klappernden Geräusche an, dass seine schwarzen Farmarbeiter die leeren Milchkannen aus der Küche holten. Heute aber blieb alles still. Auch das Dieselaggregat zur Stromerzeugung hatte niemand angeworfen. Sollten die faulen Kerle wieder verschlafen haben? dachte Richter. Wenn er überlegte, wie viel Mühe es ihn doch täglich kostete, die Herero an deutsche Pünktlichkeit und Ordnung zu gewöhnen! Kein Wunder, sagte er sich. Die schwarzen Boys waren im teils aus dem Busch zugelaufen, teils waren sie ihm nach ihrer Entlassung aus dem Gefängnis zugewiesen worden. Gute reguläre Arbeiter, wie sein Nachbar Malchow sie hatte, würde er sich noch lange nicht leisten können.

Die ungewohnte Stille machte Richter unruhig. Er riss die Tür nach draußen auf und brüllte ein paar Namen in den dämmrigen Morgen. Aber nichts regte sich. Schattenhaft zeichneten sich die Hütten der Schwarzen gegen das Frühlicht ab. Ruhig und friedlich lagen sie da.

Klaus Richter fühlte Zorn und Besorgnis in sich aufsteigen. Etwas stimmte da nicht!

Seit die Südwestafrikanische Volksorganisation SWAPO unter ihrem Führer Nujoma in den sechziger Jahren den Kampf gegen die Besetzung des Landes durch die Republik Südafrika aufgenommen hatte, waren die Farmer an allerlei unliebsame Überraschungen gewöhnt. Junge Farbige zogen als Künder einer neuen Zeit durch den Busch, traten als Werber für die SWAPO auf und hielten aufrührerische Reden. Die verfehlten denn auch ihre Wirkung nicht. Arbeiter, die früher lammfromm waren, wurden aufmüpfig, die ersten hatten sich auch schon der SWAPO angeschlossen.

Einer der Freiheitsapostel war der Herero Josaphat. Der baumlange Kerl hatte sich vor kurzem auch auf Richters Farm herumgetrieben und Palaver mit den Arbeitern gehalten. Richter hatte ihn mit dem Gewehr in der Hand vertrieben.

Seit einiger Zeit nannte sich dieser Aufrührer Josaphat *Maharero* und behauptete von sich, ein direkter Nachkomme des legendären Hereroführers Samuel Maharero zu sein, der im Jahr 1904 mit den Resten seines Volkes vor den deutschen Kolonialtruppen durch das Sandveld ins benachbarte Botsuana-Land geflohen war. Damals waren unzählige Menschen und Tiere in der Gegend verdurstet. Die Soldaten hatten den Flüchtigen auf Befehl ihres Generals mit Waffengewalt den Zugang zu den wenigen Wasserlöchern verwehrt.

Josaphat verknüpfte durch sein Auftreten, mit seinem neuen Namen und in seinen Reden geschickt die Vergangenheit mit der Gegenwart und der Zukunft des unterdrückten und ausgebeuteten Hererovolkes. Er beeindruckte die Farmarbeiter; sie begannen über das nachzudenken, was er ihnen einflüsterte. War es nur noch eine Frage der Zeit, dass sie auf ihn hörten und ihm nachliefen?

Richter ging hinüber zum Viehkral. Dort blökten die weggesperrten Kälber nach ihren Müttern. Sie waren hungrig, drückten ihre feuchten Mäuler durch die Latten des Gatters und glotzten ihn erwartungsvoll an. Die Arbeiter hätten schon längst mit dem Melken und Füttern beginnen müssen. Aber niemand war zu sehen. Nun lief er zu den Hütten. Kein Hund schlug an wie sonst. Leer und verlassen war alles. Er schaute in eine hinein und untersuchte auch die anderen: Mit Sack und Pack waren die Leute abgezogen und hatten nur ihren Müll zurückgelassen.

Da überfiel in Wut und Angst. Er saß ganz schön in der Tinte. Unmöglich konnte er mit dem ganzen Vieh alleine fertig werden, zumal nicht jetzt, außerhalb der Regenzeit. Seit Monaten war das ganze Weidefeld im weiten Umkreis abgebrannt, und das Vieh musste stundenlang laufen, um an Gras zu kommen. Er musste wenigstens zwei Hirten mitschicken, die Mühe hatten, das Vieh draußen zusammenzuhalten, und wie oft musste er noch selbst suchen, wenn eine Kuh auf dem Feld gekalbt hatte und zurückgeblieben war. Und dann das Tränken! Wenn die durstigen Rinder abends von der Weide zurückkamen, stürmten sie die Wasserstelle. Sein neuer Windmotor lag noch wohlverpackt und wartete auf den Monteur. Der alte war endgültig verreckt, und so musste vorläufig mit der Hand gepumpt werden. Mit vielen Händen! Da hatten seine Leute wirklich einen tollen Zeitpunkt für die Flucht ausgesucht!

Klaus Richter war erst vor wenigen Jahren aus Deutschland nach Südwestafrika gekommen. Er war in einer kleinen Gemeinde im Schwäbischen bei der Mutter aufgewachsen, zusammen mit seiner Schwester. Er hatte früh lernen müssen was es heißt, wenig Geld zu haben und sich bescheiden zu müssen. Er konnte das ein wenig kompensieren, weil er groß und stark war und stets gerufen wurde, wenn es galt, einen handfesten Streit innerhalb der Dorfjugend zu schlichten.

Nach der Schulzeit hatte er einen respektablen Handwerkerberuf erlernt, in dem er auch eine Zeitlang tätig war. Nebenher half er bei einem der großen Bauern in der Gegend. Aber er wollte endlich mehr Geld verdienen, er hatte auch geheiratet, und so verdingte er sich in der großen Fabrik in der Stadt. Er arbeitete im Akkord, die Arbeit war hart. Lang hielt es hier keiner aus. Wenn er von der Arbeit nach Hause kam, fühlte er sich wie zerschlagen und war zu nichts mehr zu gebrauchen. Und dann hatte er ständig Streit mit seiner jungen Frau. Eines Tages war sie nicht mehr da.

Sollte das sein Leben sein? Er verkaufte das Wenige, das er hatte, kratzte seine geringen Ersparnisse zusammen und erstand ein Flugticket nach Windhuk. Er fand rasch Arbeit in seinem erlernten Handwerk. Mehr Geld verdiente er auf dem russischen Fischtrawler. Die Arbeit auf dem Schiff war noch härter und gefährlicher als in der Fabrik. Nach einiger Zeit hatte er so viel auf die hohe Kante gelegt, dass die Bank in Windhuk ihm einen Kredit gewähren wollte. Nun konnte er sich seinen lang gehegten Wunschtraum erfüllen. Er kaufte die Farm im Sandveld. Hier wollte er nun ganz sein eigener Herr sein, niemand sollte ihn mehr herumkommandieren. Und harte Arbeit war er ja gewohnt.

Da stand er nun vor seiner schönen Herde. Kuh für Kuh hatte er sich zusammengespart, auf jedes kleine Extra für sich verzichtet, um mit seinen geringen Mitteln den Wunsch verwirklichen zu können, ein selbständiger Farmer zu werden. Der Gedanke, dass er vielleicht auch seine Arbeiter zu knapp gehalten, ja, sie vielleicht zu sehr kujoniert hatte, kam ihm nicht. Die sollten doch froh sein, wenn sie Arbeit hatten und zu essen, war seine Meinung. Klaus Richter, der selbst hart arbeitete, wollte das auch von seinen Leuten verlangen.

Aber es war schon so: Richter bezahlte die Herero schlecht. Die mussten zwar nicht hungern, er schoss auch immer mal wieder eine Antilope oder einen Bock für sie, aber für ordentliche Kleidung reichte ihnen das Geld schon nicht mehr. Wenn Richter es für Freundlichkeit hielt, dass die Schwarzen ihre Hütten auf seinem Grund bauen konnten, so dachten diese für sich, dass ja all das Land einmal allein den Herero gehört hatte, bevor die Weißen windige Verträge mit ihnen schlossen und es ihnen abkauften.

Jetzt blieb Richter nur die eine Möglichkeit. Wenn er sein Vieh retten wollte, musste es weg von hier. Achtundzwanzig Kilometer entfernt wohnte sein nächster Nachbar, Malchow. Dessen Farm war vom Grasbrand verschont geblieben. Dorthin würde er sein Vieh treiben. Der Nachbar musste ihm helfen. Schweren Herzens fasste er seinen Entschluss, versorgte noch einmal Hühner, Katze und den Gemüsegarten, schnallte zwei gefüllte Wasserfässer auf den Geländewagen, legte seinen Rucksack mit dem Proviant dazu, vergaß auch sein Gewehr und Munition nicht, verschloss das Haus und versteckte den Schlüssel. Menschen verirrten sich selten in diese Einsamkeit.

Es war nicht leicht, die gemischte Herde mit Kühen, Kälbern und Schafen voran zu treiben und zusammenzuhalten. Solange der Morgen noch kühl war, liefen die Tiere willig. Kleine Grasinseln, die vom Feuer verschont geblieben waren, nutzte er zu kurzen Rasten. Überall kämpften sich schon die ersten Boten des Frühlings durch das schwarze Leichentuch des Brandfeldes. Auch die knorrigen Kamelbäume spannten ihre grünen Schirme wieder über ihren schwarzgebrannten Stämmen mit der rissigen, angekohlten Borke auf. Manchem der zähen Gesellen hatte der feurige Atem freilich doch das Lebenslicht ausgeblasen. Stumm klagend reckten sie ihre kahlen Äste gegen den Himmel.

Bald stand die Novembersonne fast senkrecht am Himmel. Glutheiß wurde der Tag. Der gemischte Viehtransport gestaltete sich schwieriger als Richter gedacht hatte. Immer wieder brachen Tiere aus, um Schutz vor der sengenden Sonne im spärlichen Schatten der Schirmakazien zu suchen.

Mit sinkender Sonne kam er endlich beim Nachbarn an. Ihm hatte eine riesige Staubwolke das Nahen der Herde schon angezeigt. „Hallo, Richter!" begrüßte Malchow den Ankömmling. „Willst du etwa den Spuren Samuels folgen und zum Ngami-See trecken?", spöttelte er. „Schau, dein Vieh will aber nicht mehr, die Rinder sind schon an der Tränke." Malchow schaute auf die Ladefläche von Richters Geländewagen. „Du hast wohl gleich dein ganzes Farminventar mit eingepackt – *omnia mea mecum*?", machte er sich weiter lustig. Aber das war wohl eher eine Art Galgenhumor, denn lustig fand Malchow ganz und gar nicht, was Richter ihm schließlich berichtete, nachdem das Vieh versorgt war und der Nachbar sich gewaschen und gestärkt hatte.

„Die Schwarzen hocken im Busch und warten auf das Goldene Zeitalter, das ihnen Sam Nujoma versprochen hat", sagte Malchow beim Kaffee. „Solange man sie unbehelligt dort sitzen lässt, sind sie eine beständige Gefahr für die Farmer in der Nähe. Und Du wirst sehen, sie ziehen auch die nach, die vorläufig noch ruhig und vernünftig geblieben sind. Der Polizeisergeant in Steinhausen hat viel zu wenig Leute, er kann sich kaum von dort wegbewegen, und die Armee ist weit im Norden, die steht schon fast in Angola." Nach einer Pause fuhr er fort. „Der Herero Josaphat, der sich Maharero nennt, treibt sich auch wieder in der Gegend herum. Der und seine Leute sind gefährlich. Vielleicht haben sie sich schon Gewehre beschafft. Am besten wäre es, sie schnell zu fangen und einzusperren."

Da fasste Richter heute schon zum zweiten Mal einen Entschluss von großer Tragweite. „Weißt du was, Malchow? Leih mir dein Pferd und gib mir zwei von deinen Leuten mit, die mir nicht bei Nacht und Nebel weglaufen. Ich zieh los und stöbere die Bande auf, ich hab schon eine Vorstellung, wo sie ungefähr sitzen könnte."

Malchow war diese Idee nicht geheuer. „Du allein, Richter? Bist Du des Teufels?" Der entgegnete: „Es muss sein, darüber sind wir uns doch einig. Und sonst ist ja niemand da. Ich versuch's einfach. Viel Mut trau ich den Burschen nicht zu, und sie wissen, dass ich ein guter Schütze bin. Das Schießen habe ich bei der Bundeswehr gelernt. Das schwierigste wird sein, sie zu finden. Und sag deinen Leuten nichts über den Zweck der Safari!"

Malchow überlegte. Es ging ihm nicht so recht in den Kopf, dass Richter allein losziehen wollte. Aber er konnte ja nicht mitkommen, und es war ihm auch lieb, dass es dafür gute Gründe gab. Da war die Farm, die er nicht allein lassen wollte, und dann war ja auch noch die neue Viehherde hinzu gekommen, die mehr Arbeit machte.

Schließlich war er einverstanden. Richter würde mit dem Geländewagen auf der Wagenspur weiterfahren, die Malchows Jagdpfad war, bis zu einer der Wasserstellen. Von dort würde er das Pferd nehmen, einer der beiden Begleiter würde ihm zu Fuß folgen. Er würde den entlaufenen Schwarzen einen Bock oder sogar ein Eland schießen. Für Fleisch waren die Burschen immer zu haben. So würde schon alles klappen.

Gegen Abend fuhren sie los, Richter saß am Steuer, die beiden Herero, Kasupi und Katjiripe, auf der Ladefläche des Wagens. Die Herero nahmen abwechselnd tiefe Lungenzüge aus der Tabakpfeife. Dann und wann spuckten sie geschickt durch die dreieckig ausgefeilten Schneidezähne, das Stammeszeichen der Herero. Richter konnte nur langsam auf den holprigen Spuren fahren, das Pferd lief an der langen Leine hinterher.

Bei der ersten Rast begann Richter auf Afrikaans eine Unterhaltung mit den beiden. Er tat so, als ob er mit ihnen die Möglichkeiten einer Jagd erörtern wollte. Für eine Jagd musste er wissen, welche Wasserlöcher in der Umgebung noch nicht ausgetrocknet waren. Dort hatten sie die Chance, Wild anzutreffen. Aber auch die flüchtigen Farmarbeiter würden in der Nähe eines Wasserlochs campieren. So hoffte er, sich allmählich ein Bild machen zu können, wohin er sich wenden musste. Aber die Schwarzen antworteten vorsichtig und unbestimmt. Das eine Wasserloch war vielleicht schon trocken, ein anderes hatte wahrscheinlich noch ein wenig Wasser. Wenn sie etwas wussten, so waren sie doch klug genug, weder ihre eigenen Leute zu verraten noch den weißen Farmer direkt zu belügen. Voll Missvergnügen musste Richter erkennen, dass er auf diese Weise seinem Ziel nicht näher kam.

Inzwischen war die Dämmerung in tropischer Unmittelbarkeit hereingebrochen. Weiter ging's noch lang in der Dunkelheit beim Licht der Scheinwerfer. Die Wasserstelle erreichten sie dennoch nicht mehr. Spät schlugen sie ein Lager auf.

Richter war eingeschlafen. Er schlief unruhig. Ein stetes Klick – klack – klick – klack schallte durch seinen Traum. Klick – klack, den Ton hatte er schon mal gehört. Klick – klack, nur die Eland-Antilope hat so einen geräumigen Schritt, dass die aneinander schlagenden Schalen ein Geräusch verursachen wie Pferde beim Galopprennen. Eine riesige Herde zog in seinem Traum an ihm vorbei, Tier um Tier. Und mittendrin glaubte er eine hochaufragende menschliche Gestalt in einem wehenden alten deutschen Armeemantel zu sehen, ein schwarzer Mann mit hassverzerrter Fratze, der die mächtigen Antilopen vor sich her zu treiben schien – Maharero!

Er schreckte aus seinem Alptraum auf. Er schaute zu den Burschen hin; sie schliefen. Vom Feuer glommen nur Reste unter der Asche. In der Entfernung verhallten noch die letzten klappernden Geräusche der Hufe. Warum musste Maharero gerade seine Leute aufwiegeln, warum nicht die von Malchow? fragte er sich. Warum verfolgte ihn dieser verfluchte Herero auch noch im Traum? Was hatte er, der erst ein paar Jahre in diesem Land lebte, mit dem Vernichtungskrieg der deutschen Schutztruppe gegen die Herero vor achtzig Jahren zu tun? Die Malchows, die hatten damals schon ihre Farm hier! Warum wollten die SWAPO-Leute gerade ihn treffen, seine Farm zugrunde richten?

Am nächsten Morgen war der nächtliche Spuk vorbei. Nur die frischen Spuren der schweren Tiere, die an Größe und Gewicht ein Rind weit übertreffen, waren zu sehen. Zweifelsfrei war es eine große Herde gewesen, die bei gutem Wind dicht am Lager vorbei gekommen war. Es mochten wohl einige hundert Tiere gewesen sein. Die beiden Herero hätten am liebsten gleich die Spur der abziehenden Herde aufgenommen, aber Richter fand, dass für eine Jagd jetzt keine Zeit war. Voll banger Ahnungen drängte er zum Wasserloch, das sie bald erreichten. Idyllisch, unter Bäumen versteckt, lag der tiefe Kolk. Gestern hatte vielleicht noch Wasser darin gestanden, aber heute? Die große Elandherde hatte das Loch völlig ausgesoffen und den Boden zu einem zähen Lehmbrei zerstampft.

Richter beratschlagte sich mit seinen Begleitern. Katjiripe zeigte ihm die Fußspuren, die er übersehen hatte. Sie merkten sich Form und Stellung der Abdrücke.

Dann ging's weiter in der lastenden Hitze, ohne Schatten und Kühlung. Endlose Flächen, glühender, fast weißer Sand. Mannshohes, hartes Elefantengras und dürftiges Gelbholz wechselten mit unregelmäßigen Wald- und Buschbeständen, von deren Rändern sie gelegentlich einen Strauß oder Bock aufscheuchten.

Schließlich erreichten sie nach einem weiteren Tag die jenseitigen Dünen des Omuramba-Trockentals. Wenn irgendwo, musste hier Wasser sein, Wasserlöcher im Sand- und Schwemmboden am Fuß der Dünen. Diese gaben das von den Sanddünen in der Regenzeit wie von einem Schwamm aufgesogene Wasser wieder frei, wenn sonst nirgendwo etwas von dem Leben erhaltenden Nass zu finden war. Die Herero kannten solche Stellen seit alters her.

Zu dritt gruben sie Stunde um Stunde. Endlich wurde der Sand feucht, und schließlich hatten sie ein Loch ausgeworfen, in das langsam Wasser sickerte. Geduldig, mit dem Becher, schöpften sie für sich und das dürstende Pferd, Eimer um Eimer.

Völlig ausgepumpt, zu müde zum Essen, sanken sie in einen bleiernen Schlaf.

Am nächsten Morgen war der Wasserstand wieder abgesunken. Kasupi und Katjiripe waren dennoch gut gelaunt. Sie hockten am Feuer und verzehrten schmatzend die leckeren Bauchstücke eines Stachelschweins, das sie mit ihrem Kirriwurf erlegt hatten. Richter war beeindruckt, mit welch unfehlbarer Sicherheit Katjiripe den hölzernen Schlagstock mit dem Knauf am Ende als Wurfkeule verwendet hatte. Erst jetzt wurde ihm bewusst, welch gefährliche Waffe die Schwarzen da mit sich führten.

Richter wollte Kasupi hier mit dem Geländewagen zurücklassen – den Schlüssel hatte er an sich genommen – und lud nur den kleineren der beiden Wassersäcke und was er sonst vielleicht brauchen würde auf das Pferd. Zusammen mit Katjiripe brach er zum Oberlauf des Omuramba auf. Er wusste, dass der Stolz eines Herero es nicht zulassen würde, sich von einem Weißen an Kraft und Ausdauer übertreffen zu lassen. Stunde um Stunde marschierten sie, anfangs noch in gespannter Aufmerksamkeit. Mit einem Fingerzeig, einer Handbewegung, einem leisen Wort zeigten sie sich gegenseitig jede Fährte und jede Besonderheit. Keiner wollte dem anderen nachstehen.

Die Hitze wurde immer unerträglicher. Richter bewegte sich jetzt nur noch automatisch vorwärts. Seine Gedanken schweiften ab und weit weg. An den Neckar, wo er aufgewachsen war. Zu den kühlen Wäldern, den sattgrünen Wiesen seiner Heimat. Zu der Farm, die jetzt sein Zuhause war, in diesem heißen, trockenen Land. Maharero fiel ihm ein, den er schuld glaubte an all den Schwierigkeiten, in denen er, Klaus Richter, sich jetzt befand.

Da, es war nun schon fast Mittag, fühlte sich Richter plötzlich am Ärmel gezogen. Er fuhr zusammen. „Eine

Menschenspur", flüsterte erregt Katjiripe, der sie zuerst gesehen hatte.

Die Spur war frisch, und sie war tief. Augenscheinlich trug der Mensch eine schwere Last, vermutlich ein Stück Wild. Zwischendurch hatte er es abgelegt, da war Blut zu sehen. Hinter einer Kuppe, auf einer freien Fläche, entdeckten sie den Verfolgten, der nicht mehr weit vor ihnen lief. Er hatte sie noch nicht bemerkt. Das Tier hing ihm über die Schulter. Durch die Last behindert, kam er nur langsam voran. Sie mussten ihn bald einholen. Fast lautlos schlichen sie voran, jeden Busch als Deckung nutzend. Bald waren sie ihm dicht auf den Fersen.

Er war ein großer, kräftig gebauter Mann in guten Kleidern. Mit der Linken hielt er seine Jagdbeute fest, in der Rechten trug er ein Gewehr. Seinen langen Rock hatte er ausgezogen und zum Schutz gegen die Sonne über den Kopf gehängt. Er musste sich sehr sicher fühlen, um mit solchen Scheuklappen herumzulaufen. Sollte das etwa Josaphat Maharero sein, fragte sich Richter für einen Augenblick. Waren das die Fußspuren vom leer gesoffenen Wasserloch? Hatte sich der Lump ihm so leichtsinnig ausgeliefert? Mit einer Handbewegung wischte Richter diese Hitzephantastereien zur Seite.

Schon hörten sie den Ahnungslosen unter seiner Last keuchen. Nun war Richter wieder ganz bei der Sache. Ein Blick der Verständigung hin zu Katjiripe, drei große Sätze, und mit hartem Griff entriss er dem Überraschten die Waffe.

Der war starr vor Schreck und ließ das schwere Warzenschwein fallen. Er starrte die beiden an wie eine unwirkliche Erscheinung. Der Mann sprach Afrikaans. Richter fragte ihn aus, wie viele Männer sie hier draußen wären – „vielleicht zwanzig", ob sie Gewehre hätten und Munition – „ja, aber nur die SWAPO-Leute im zweiten Camp." Richter bedeutete dem Eingeschüchterten, dass er sie, so wahr ihm sein Leben lieb sei, vorsichtig und geräuschlos zu den Camps bringen müsse. Hintereinander setzten sie sich in Bewegung. Der Gefangene, der sich Fritz nannte, nahm seine Jagdbeute wieder auf und musste vorausmarschieren. Katjiripe folgte; ihm hatte Richter das erbeutete Gewehr anvertraut, nachdem er die Patronen entfernt hatte, unbemerkt, wie er glaubte. Aber dem Herero war es nicht entgangen.

Allmählich veränderte sich die Landschaft. Die Dünen wurden höher, und immer neue Kämme schoben sich kulissenartig in vielfachen Windungen und Abzweigungen vor. Düstere Buschwaldstreifen, die unregelmäßig, wie die Falten eines zerschlissenen Gewandes, die Ränder bis hinab in die Talsohle bedeckten, behinderten den Überblick. Sie folgten einem ausgetretenen Wildwechsel und gelangten in ein Seitental – oder war das das Haupttal? Es schien tiefer eingeschnitten und breiter als das eben verlassene zu sein. Verwitterte Kalkbastionen bauten sich auf, die umgangen werden mussten. Angeschwemmter, scharfkantiger Sand deutete darauf hin, dass auch dieser seit Jahrtausenden verschüttete

Trockenfluss bei kräftigen Gewitterregen noch Wasser führen konnte, das aber bald wieder im porösen Untergrund des Glutofens Kalahari versickerte.

Fritz bog plötzlich ab, sie kreuzten einen ausgetretenen Fußpfad, der sich durchs Dickicht schlängelte. Da hörten sie schon Sprechen und Lachen. Im nächsten Moment betrat Richter, der mechanisch sein Gewehr in Anschlag gebracht hatte, einen mäßig großen Platz, an dessen Rändern mehrere Grashütten geschickt unter die Schatten spendenden Hackisdornbüsche angelehnt waren. Die Überrumpelung war gelungen, die unbewaffneten Schwarzen dachten nicht an Gegenwehr. Er zählte etwa zwanzig Männer und Frauen und zahlreiche Kinder; seine entlaufenen Farmarbeiter waren auch dabei. Um sie weiter einzuschüchtern hatte er ihnen sagen wollen, Militär habe das Lager umstellt, und jeder Fluchtversuch sei vergeblich. Aber sein Hirn schien ihm wie ausgetrocknet von der Hitze.

So weit gekommen wollte Richter auch noch zu dem Camp der SWAPO-Leute vordringen. Weit konnte es nicht sein, das hatte ihm Fritz schon verraten. Wenn aber doch ein Warner unbemerkt entkommen war? Ziemlich unwohl war ihm bei diesem Unternehmen. Er fühlte sich völlig abgekämpft. Aber er war inzwischen schon wie besessen von der Idee, seinen Feind aufzuspüren und zu erledigen. Er musste es wagen, Katjiripe mit dem Gewehr die Aufsicht über die Leute zu überlassen. Erneut sollte Fritz die Führung übernehmen. Der zeigte sich willig und schlich wie eine Katze voran, Richter folgte ihm so leise und schnell wie er noch konnte.

Dichter und dichter wurde der Busch, keine zehn Schritte weit konnte man sehen. Vorsicht war geboten. Da, während der Schwarze sich schlangenartig weiter bergan durch die Buschlücke schob, hatte Richter das Gefühl, den bisherigen Pfad verlassen zu haben. Doch jetzt musste er wohl oder übel dem Führer folgen. Auf Händen und Füßen kroch er ihm mühsam durch das Halbdunkel des Dickichts nach. Dornen bohrten sich in seine Handflächen und rissen die Haut in seinem Gesicht auf. Blut tropfte von seinem Kopf. Das entsicherte Gewehr trug er am Kolbenhals vor sich her. Stachelbewehrte Zweige wölbten sich wie ein Tunnel über ihn, schier endlos, wie es ihm schien. Aber jetzt durfte er Fritz, der wendiger war und schneller vorankam, nicht mehr aus den Augen lassen. Schon verschwand der wie ein Schatten um eine Biegung. Als er selbst sie erreicht hatte, war der Schwarze außer Sicht.

Ein banges Gefühl überkam Richter. Er keuchte, sein Herz schlug ihm im Hals, ein dumpfes Pochen war in seinem Kopf, der Schweiß rann ihm von der Stirn, Angst umklammerte schmerzhaft seine Brust wie ein Stahlreifen. Da – vorne schien es heller zu werden. Wie in einer Falle kam er sich vor. Nur endlich hochkommen und etwas sehen wollte er. Ein letztes Astgewirr, er musste sich tief bücken, um nicht an den tückischen Dornen hängen zu bleiben. Als er sich endlich aufrichtete, blickte er in ein hassverzerrtes schwarzes Gesicht, ein Gesicht, das er kannte.

Ein Schuss ließ Katjiripe und die anderen im unteren Camp zusammenschrecken. Rasch verkrochen sie sich in den Hütten. Aber es geschah nichts weiter.

Als Richter nach vier Tagen noch nicht zurück war und auch seine beiden Leute nicht wieder auftauchten, wurde Malchow unruhig, und er beschloss, nach ihnen zu suchen. In anderen Zeiten wäre er gleich selbst losgezogen. Aber jetzt war er in Sorge. Er bat die Polizeistation in Steinhausen um Unterstützung. Wenige Stunden später fuhr ein Polizeijeep auf der Farm vor. Malchow instruierte den Sergeant über das Vorgefallene, und gemeinsam zogen sie los. Da man mit dem Jeep nicht allzuweit kommen würde und auch nicht gut Spuren verfolgen konnte, nahmen sie Malchows noch verbliebene Pferde.

Malchow hatte richtig vermutet, dass Richter sich zunächst den Wasserlöchern am Fuß der Düne jenseits des Omuramba-Trockentals zugewendet hatte. Dort stießen sie auf Kasupi, der noch immer Richters Geländewagen bewachte. Er hatte auch brav die Wasserfässer wieder gefüllt und in den Schatten gestellt; auch Ozumbanui-Nüsse hatte er gesammelt, wie es ihm aufgetragen war. Über den Verbleib Richters wusste er nichts. Wie Richter ein paar Tage zuvor schien es auch Malchow und dem Sergeant das Beste, sich dem Oberlauf des Omuramba zuzuwenden.

Sie hatten kein Glück. Der Wind hatte alle Spuren verweht. Sie mussten ihre Suche unverrichteter Dinge aufgeben und kehrten zu Malchows Farm zurück.

Der Sergeant schrieb ordnungsgemäß einen langen Bericht, in dem er zu Protokoll gab, dass und seit wann der Farmer Klaus Richter vermisst wurde. Sachdienliche Hinweise würde jede Polizeistation entgegennehmen. Entsprechende Plakate ließ er überall auf den Farmen der Gegend aushängen. Dass sich einer der Herero, die vielleicht etwas wussten, nur deshalb melden würde, weil er der Polizei behilflich sein wollte, glaubte er jedoch nicht. Das Risiko, mit der Angelegenheit in nähere Verbindung gebracht zu werden, war zu groß. Er setzte deshalb eine kleine Belohnung aus für den Fall, dass solche Hinweise zur Aufklärung des Falles beitrügen. Insgeheim hoffte er, dass einer der möglichen Zeugen dieser Versuchung nicht widerstehen könnte. Aber niemand meldete sich. Klaus Richter tauchte nicht wieder auf. Später schloss der Sergeant die Akte.

Malchow kümmerte sich um Richters Vieh, das auf seiner Farm blieb. Einige von Richters Leuten kehrten aus dem Busch zurück und fragten bei ihm nach Arbeit. Von Richter und seinem schwarzen Begleiter Katjiripe wollten sie nichts gehört und gesehen haben. Die Arbeiter kamen Malchow gerade recht: „Ich habe ja jetzt mehr Rinder und muss mein Maisfeld vergrößern, und beim Roden der Büsche kann ich euch gut gebrauchen." Wenn nur endlich Regen käme!

Mehr als ein Jahr war vergangen. Von Klaus Richter fehlte weiterhin jede Spur. Die Behörden hatten seine Angehörigen in Deutschland ausfindig gemacht und von seinem spurlosen Verschwinden benachrichtigt. Er sei wohl nicht mehr am Leben. Die Farm wurde verkauft und der Erlös nach Deutschland überwiesen.

Die bewaffneten Auseinandersetzungen zwischen der Südafrikanischen Armee und den Rebellen der SWAPO, der marxistisch orientierten Befreiungsbewegung des Landes, wurden heftiger. Häufiger durchstreiften jetzt Armeepatrouillen auch das Sandveld. Eines Tages erhielt der Sergeant der Polizeistation in Steinhausen eine Funknachricht. „Zwei Leichen wurden gefunden. Sie sind gut konserviert in der trockenen Hitze. Ein Weißer und ein Schwarzer. Bitte kommen zwecks Identifizierung." Der Sergeant nahm zwei schwarze Hilfspolizisten mit und machte sich auf den Weg.

Die Identifizierung war nicht schwierig. Der tote Weiße, das war zweifelsfrei Klaus Richter. Der Sergeant hatte ein Foto von ihm aus der Akte mitgenommen. Dem Toten fehlte das letzte Glied des linken Zeigefingers, so wie es im Pass Richters vermerkt war. Die Schädeldecke war auf der linken Seite tief eingeschlagen. Die Axt, mit der das vermutlich geschehen war, lag am Boden zwischen Richter und dem Anderen. Noch im Tod hielt Richter mit einer Hand sein Gewehr umklammert. Den toten Schwarzen hatte der Sergeant persönlich gekannt. Es war der Herero Josaphat, der sich früher so lange in der Gegend herumgetrieben hatte, aber nie mehr gesehen wurde, nachdem Richter verschwunden war. Der Sergeant hatte ihn vor einiger Zeit einmal verhaftet und für eine Weile ins Gefängnis gesteckt. Einige Farmer, darunter auch Richter, hatten ihn damals angezeigt, wegen staatsfeindlicher Umtriebe. Aber da man ihm nichts Genaues nachweisen konnte, musste er wieder frei gelassen werden. Das Hemd des toten Schwarzen war dunkelrot verkrustet. Die Kugel aus dem Gewehr des Weißen hatte seine Brust durchschlagen.

Die Rebellion der schwarzen Farmarbeiter war nur ein Vorbote größerer Aufstände und jahrelanger kriegerischer Auseinandersetzungen. Die politischen Verhältnisse in Südwestafrika veränderten sich innerhalb weniger Jahre dramatisch. Das Land ist seit dem 21. März 1990 eine unabhängige Republik und trägt den Namen Namibia.

Die Tochter des Apothekers Nagel

Apotheker Nagel galt in der Stadt allgemein als wohlhabend, war er doch der Inhaber einer gut gehenden Apotheke in bester Geschäftslage der Innenstadt. Die Nagelsche Apotheke führte nicht nur ein umfangreiches Sortiment an Arzneien aller Art. Nagel war auch der erste in der Stadt, der seiner Apotheke eine Parfumerie und eine Schönheitsboutique angegliedert hatte.

Wilhelm Nagel selbst legte großen Wert auf ein gepflegtes Äußeres. Er kleidete sich stets tadellos, trug teure Markenschuhe, seine Anzüge waren maßgeschneidert, aus feinem Tuch, gewiss keine Konfektionsware. Nie trug er in der Apotheke einen weißen Mantel, wie es für seine Angestellten Pflicht war. Den seriös gebräunten Herrn mit seiner gut frisierten blonden Löwenmähne hielten manche für einen eitlen Geck, der seine Haare färbte und auch sonst darum bemüht war, sein wahres Alter zu verheimlichen. Andere, die ihm wohlgesonnen waren, sahen in Wilhelm Nagel einen schönen Mann.

Einige gut situierte Kundinnen – und übrigens auch mancher Kunde, zumeist einer seiner sogenannten Freunde – wollten nur von ihm, vom Herrn Apotheker, bedient werden und keinesfalls von den Angestellten. Sie wussten, wann der Chef gewöhnlich anzutreffen war, denn der kam selbstredend nicht schon früh um acht und pflegte auch eine ausgedehnte Mittagspause einzulegen. Nagel verstand sich vortrefflich auf eine gewinnbringende Beratung dieser vermögenden Kundschaft. Nicht selten ließen die Damen bei einem Einkauf viel Geld in der Apotheke. „Nagel ist ein Charmeur und Schauspieler", äußerte ein Angestellter, nachdem Nagel ihn gefeuert hatte, „wenngleich nur einer, der in ein Schmierentheater passt. An den meisten dieser Kundinnen interessiert Nagel in Wirklichkeit nur ihr Geld. Sie sind ja alle nicht mehr ganz jung, diese Damen, und man weiß ja, dass er nur auf Frauen steht, die wesentlich jünger sind als er selbst."

Die Nagelsche Apotheke befand sich schon seit Generationen im Familienbesitz. In früheren Zeiten wohnten die Nagel-Familien in der Beletage jenes Hauses in der Innenstadt, in dem zu ebener Erde die Räume der Apotheke lagen. Wilhelms Vater ließ dann in einer vornehmen Wohngegend oben am Hang die klotzige Villa im neuklassizistischen Stil erbauen, mitten in einem kleinen Park, in bester Lage mit Blick auf die Stadt und die grünen Hügeln dahinter, in unmittelbarer Nachbarschaft zu anderen wohlhabenden Familien.

Wie sein Vater betrachtete es auch Wilhelm Nagel als selbstverständlich, das Ererbte zu erhalten und zu mehren. Schon hatte er die Hand auf eine zweite

Apotheke gelegt, die seine Tochter Simone übernehmen sollte, sobald sie ihr Studium abgeschlossen und die Approbation erlangt hatte.

Bei solchem Wohlstand machte es sich nicht schlecht, Gutes zu tun mit dem schwer verdienten Geld. Nagel ging sonntags zur Kirche und gab für die Kollekte einen großen Schein. Für den Posaunenchor stiftete er ein Instrument, und er spendete namhafte Beträge für den Kindergarten und das Altenheim seiner Kirchengemeinde. „Nagel tut Gutes so, dass auch möglichst viele, die ihn kennen, davon erfahren", lästerten böse Zungen.

„Dass er viel für unsere Kirche tut, werden Sie doch nicht abstreiten", pflegte Pfarrer Greiner zu sagen, wenn in der Gemeinde über Apotheker Nagel gesprochen wurde.

Und auf den vermeintlich sündigen Lebenswandel seines wohlhabenden Schäfchens angesprochen – doch, das darf man sagen, Nagel hatte den Ruf eines Schürzenjägers – äußerte der Pfarrer einmal: „Selbst der heilige Dominikus hat sich nicht von der Schwäche frei machen können, sich lieber mit jungen Frauen als mit alten Wiebern zu unterhalten", was der Heilige seinen betrübten Brüdern gebeichtet habe, als er schon auf dem Sterbebett lag.

„Herr Doktor Nagel tut eine Menge Gutes mit seinem Geld", sagte auch die Frau Pfarrer, die eigentlich nur die Ehefrau des Herrn Pfarrer war. Viele in der Gemeinde dachten aber, dass es dem Herrn Nagel ja wohl leicht falle, hin und wieder einen größeren Betrag zu spenden, bei all seinem Reichtum.

Wer viel Geld spendet, möchte auch mitreden, könnte sich Apotheker Nagel gesagt haben. Er ließ sich in den Rat der Kirchengemeinde wählen und führte nun dort das große Wort. Gerda, die einzige Frau im Kirchengemeinderat, mochte solche Männer wie Nagel nicht besonders. „Die spielen sich auf wie Graf Göckele", pflegte sie zu sagen, „sie sind betont freundlich, wenn es sie nichts kostet oder wenn sie sich einen Vorteil davon versprechen. Aber wenn dem nicht so ist, fahren sie die Ellbogen aus und versuchen, sich den Weg frei zu räumen." Als Witwe und alleinstehende Frau hatte Gerda da schon manche unangenehme Überraschung mit Männern erlebt und leidvolle Erfahrung gemacht. Auch den Apotheker Nagel hatte sie so schon kennen gelernt. Gab es im Rat eine kontroverse Aussprache, in der sie, die Frau, eine abweichende Meinung vertrat, so pflegte Nagel, der selbst meist ein opportunistisches Verhalten an den Tag legte, sich mit der Bemerkung einzubringen: „Wozu der Streit?", und das erschien Gerda stets als Rüge ausschließlich an ihre Adresse.

Aber er hat doch auch gute Seiten, der Herr Nagel, dachte Gerda gelegentlich. Gerne erinnerte sie sich an einen weit zurück liegenden Tag im ersten Frühsommer nach dem Krieg. Damals fuhren die Straßenbahnen noch nicht wieder. Sie war aus der Stadt auf dem Weg nach Hause, bepackt mir Einkäufen, und hatte noch ein Ende zu gehen. Plötzlich hielt ein Auto neben ihr, eines der wenigen, die so kurz nach dem Zusammenbruch überhaupt fuhren. Gerda kannte den Fahrer bis dahin nur flüchtig; es war Apotheker Nagel, der sich erbot, sie zu chauffieren. Das war doch reizend von ihm!

Auch an einen Flirt, den Nagel mal mit ihr versucht hatte, erinnerte sich Gerda. „Er hat mich zu einem Spaziergang eingeladen. Nun ja, es war ein milder Abend, und ich fühlte mich ein wenig geschmeichelt. Was ich mir davon versprochen habe? Als wir stehen blieben, ließ ich mich umarmen, auch küssen, aber als er anfing, mich abzutasten, wehrte ich ihn ab, schob ihn fort. ‚Wir sind doch keine jungen Leute mehr, lassen Sie uns vernünftig bleiben‘, sagte ich zu ihm. Er blieb gelassen, spürte, dass mir daran nicht wirklich etwas lag. Er steckte das lachend weg.“

Aber dann konnte Nagel auch ganz offen sprechen, fand Gerda. Wahrscheinlich hatte er nicht viele Menschen, die ihm wirklich zuhörten, und solche Menschen braucht jeder, auch einer wie Nagel. Seine Schwester, die ihm den Haushalt führte, gehörte bestimmt nicht dazu. Die wirkte auf Gerda so, als sei sie überhaupt nicht aus Fleisch und Blut.

„Ich frage Sie“, sagte Dr. Nagel einmal zu Gerda nach der Sitzung des Kirchengemeinderats, „weshalb beneiden mich so viele? Was ist beneidenswert an meinem Leben? In einem großen Geschäft mit vielen Angestellten muss ich nach dem Rechten sehen; ich muss planen und unternehmerische Entscheidungen treffen. Ich habe Ehrenämter, die viel Arbeit machen, in der Apothekerkammer, als Aufsichtsrat einer Pharmafirma, in meiner Partei, im Kirchengemeinderat." „Ja, das verstehe ich schon", gab Gerda zur Antwort. Und er jammerte noch eine Weile weiter, denn er spürte, dass sie ihm zuhörte.

Dann kam er unvermittelt auf Stefan zu sprechen, Gerdas Sohn. „Der Junge hat Potenzial. Er hat gute Abiturnoten, ein sehr gutes Vorexamen. In seinem Pharmaziestudium kommt er voran. Er ist fleißig und strebsam. Überdies kümmert er sich um die Jugendlichen in unserer Gemeinde. Ich beobachte ihn ab und an, wenn er in den Semesterferien in meiner Apotheke arbeitet, Geld fürs Studium verdient: Er ist ein exzellenter Praktiker, ein echter Verkäufer, der die Kunden informiert und berät, und er wird ein guter Kaufmann. Denn das braucht man heutzutage als Apotheker: Einkauf und Verkauf."

Und Nagel ließ durchklingen, dass er sich Stefan – ihren, Gerdas, Stefan! – durchaus als Schwiegersohn vorstellen könnte. Na ja, ganz so direkt sagte er das nicht. Er sagte: „So einer wie der Stefan." Da muss Stefan halt auch noch etwas dazu tun, dachte Gerda bei sich. Sie wusste aber nur, dass Simone Nagel und ihr Stefan sich gut kannten, sie hatte keine Ahnung, ob mehr zwischen den beiden war.

„Von Stefan könnte meine Simone lernen was es heißt, sich in unserer Gesellschaft nützlich zu machen", sagte Nagel ein andermal.

„Wie kommt mein Kind eigentlich dazu, alles, was bisher war, in Frage zu stellen, den ganzen Bettel, wie sie das nennt, einfach hinzuschmeißen? Mir wird himmelangst, wenn ich daran denke. Dieses zarte Kind! Sie braucht mich doch. Ich weiß noch, wie ich mal mit ihr an dem großen Bach unterhalb unseres Jagdhauses stand. Beide hatten wir Gummistiefel an, die ihren waren damals noch winzig, viel zu kurz, um durch den Bach ans andere Ufer zu waten. Sie wollte es unbedingt versuchen. Dann wurde das Wasser tiefer, sie streckte ihre kleinen Arme nach mir hoch, ängstlich verzog sich ihr Gesichtchen. Ich hob sie aus dem Wasser, drückte sie an mich, da lachte sie schon wieder. Als wir drüben waren, wollte sie gleich nochmal in den Bach. So etwas vergisst ein Vater nicht. Und was ist jetzt?"

„Als Simone in den Kindergarten ging, brachte ich sie jeden Morgen mit dem Auto hin", fuhr Nagel fort. „Ich musste mit aussteigen, sie nahm meine Hand, dann gingen wir zusammen ins Gebäude, durch den Flur bis zur Tür ihrer Spielgruppe. Ich sollte dann die Tür öffnen. Erst, als sie drinnen die vertraute Kindergärtnerin und die anderen Kinder sah, löste sich ihre Anspannung."

„Gewiss, eigenwillig, das war sie schon immer. Als Kleinkind war einer ihrer ersten Sätze ‚Will ich das nicht', weil sie einen Kinderbrei nicht mochte. Und sie war erst fünf, als sie unbedingt in die Schule wollte. Dazu musste sie einen Test machen. Nach dem Test sollte es etwas dauern, bis wir das Ergebnis erfahren würden. Wir gingen spazieren, sie hatte meine Hand gefasst und fragte mich: ‚Papa, nehmen die mich jetzt?‘ Das Kind hatte doch immer Vertrauen zu mir."

„Wir reden und lachen auch nicht mehr miteinander wie früher. Immer haben wir geredet, über Literatur, die sie in der Schule las, über neue Bücher, über Ökologie und die Gefahren, die unserer Umwelt drohen, über den nötigen Schutz der Natur. Wir haben über ihre Arbeiten aus dem Kunstunterricht gesprochen, wir haben gemeinsam musiziert, sie mit ihren verschiedenen Flöten, ich am Klavier."

„Gerda, jetzt frage ich Sie: wozu muss das Kind alle Pläne über den Haufen werfen, kaum dass sie mit ihrer Ausbildung begonnen hat? Extra nach München habe ich sie geschickt, in eine der besten Apotheken in Deutschland. Jetzt will sie plötzlich auf keinen Fall mehr Apothekerin werden."

„Der Apotheker in München, er ist ein Studienfreund, schrieb mir: Lieber Wilhelm, ich muss dir leider mitteilen, dass deine Tochter Simone nicht mehr zur Arbeit erscheint und auch den Unterrichtsstunden fernbleibt. Ich sehe mich daher genötigt, den Ausbildungsvertrag auch von meiner Seite aufzulösen."

„Ich fahre nach München, um Simone zur Rede zu stellen, um zu reparieren, was noch zu reparieren ist. Sie sagt zu mir: ‚Wilhelm‘, früher hat sie immer Papa gesagt. Also jetzt Wilhelm. Sie sagt: ‚Wilhelm, du ziehst den Leuten das Geld aus der Tasche mit deinen

Wucherpreisen. Ich will das nicht. Ich will mich nicht an den Krankheiten der Leute bereichern. Fast zum Selbstkostenpreis müsste man den Leuten die Arzneien geben, zumindest jene, die wirklich helfen, und wenigstens den Ärmeren.' Das ist doch Kommunismus, finden Sie nicht auch?"

„Und was meine Simone noch alles für Zeug redet. ‚Welche Medikamente taugen denn überhaupt etwas?' fragt sie. ‚Viele nützen doch nichts, und andere sind schädlich mit ihren vielen Nebenwirkungen.' Ich – ich! – würde die Leute mit Chemie vergiften. Und: ‚Du hast mit Schuld daran, dass den armen Menschen in der dritten Welt die Medikamente vorenthalten werden, die sie dringend brauchen, denn ihr macht sie viel zu teuer.' Dann zählt sie mir auf, welche Krankheiten in diesen Ländern alle behandelt oder geheilt werden könnten. ‚Aber nichts geschieht', behauptet sie einfach, ‚und überhaupt kümmert sich die Pharmabranche nur um die Gesundheitsprobleme, an denen man viel Geld verdienen kann. Und du bist ein typischer Repräsentant dieser Leute. Zwar redest du oft anders, aber das ist eben nur Gerede.' So spricht meine Simone jetzt mit mir. Was sagen Sie dazu, Gerda?"

„Und dann: ‚Deine sogenannten Naturheilmittel nützen auch nicht viel. Jetzt verkauft mein Vater auch noch künstliche Jugend! An all dem interessiert dich doch nur das Geldverdienen. Andere Kaufleute betrügen die Kunden mit billigem Kram. Du bescheißt die

Menschen mit teurem Mist.' Bitte, das sind ihre eigenen Worte."

„Nun, vielleicht sind es auch gar nicht ihre eigenen Worte, vielleicht plappert sie alles nur irgendwelchen Leuten nach, wer weiß, unter welchen Einfluss sie geraten ist. Aber ihren monatlichen Scheck nimmt sie noch gnädig entgegen, und den roten VW, den ich ihr geschenkt habe, fährt sie auch weiterhin. Ich frage mich, was macht sie mit dem Geld? Das Mädchen läuft jetzt schlampig herum wie eine Obdachlose, und wie war das Kind sauber und gepflegt, früher, als Schülerin. Es ist zum Heulen."

„Was soll ich denn tun, womit sie einverstanden ist? Meint sie, ich soll keine Arzneien mehr verkaufen? Dann tut es doch ein anderer, einer muss es ja tun. Soll ich mich ans Steuer eines Lkw setzen und all die Medikamente, die wir als verfallen deklarieren, die aber vielleicht noch brauchbar sind, nach Afrika chauffieren? Nein, antwortet sie, solle ich nicht, das sei zynisch, menschenverachtend. Oder soll ich das Haus verkaufen und in eine Mietwohnung ziehen, all die schönen Möbel, Bilder, Bücher, Kunstgegenstände weggeben? ‚Wenn ich das mal erbe', sagt sie, ‚stelle ich einen Container vors Haus und werfe den ganzen Krempel da hinein; weg damit, auf die Müllhalde.' Ich fasse es nicht."

„Das alles trifft mich schon sehr hart. Sie verachtet ihren Vater, sie verachtet ihr Elternhaus. Schon als sie noch in München war, sagte sie: ‚Auf deinen Besuch lege ich überhaupt keinen Wert. Du mäkelst doch nur an mir herum. Ich lebe und wohne, wie es mir passt.' Das ist doch gar nicht ihre Art, in dreckigen, verräucherten Kneipen herumzusitzen, Bier aus der Flasche zu trinken und mit zwielichtigen Gestalten über unsere Scheißgesellschaft zu diskutieren."

„Vielleicht hätte ich sie mal richtig ohrfeigen sollen, rechts, links. Aber vermutlich wäre ihr das sogar recht gewesen. Das ist es, was euch am Ende noch einfällt, Gewalt, nackte Gewalt, so würde sie reagiert haben. Dabei ist sie doch der einzige Mensch auf der Welt, der mir wirklich etwas bedeutet. Oder soll ich ihr sagen, hau doch ab, such dir Arbeit, dann wirst du schon sehen, wie schwer es ist, Geld zu verdienen, ohne Rückhalt und Unterstützung, und wie wenig man sich von einem kleinen Verdienst leisten kann?"

Simone brach tatsächlich ihre Ausbildung in München ab. Einige Zeit später war sie wieder in ihrer Heimatstadt; man hatte sie gesehen. Aber sie wohnte nicht bei ihrem Vater.

Niemand wusste, wo sie sich nun aufhielt. Zumindest gab es niemand, der dem Vater eine Auskunft geben wollte. Sie sei bei einer Freundin untergekrochen, hieß es nur. Wahrscheinlich wissen sie alle Bescheid, dachte Nagel, nur ich nicht. Gewiss hat man sich gegen ihn, den Wilhelm Nagel, verschworen, sei es, um ihm mal inkognito eins auszuwischen, sei es aus Solidarität mit Simone. Auch seine Schwester hatte angeblich nichts weiter herausbekommen. Simone verweigerte jeden Kontakt mit ihm.

Nun versuchte Nagel, mit Gerdas Hilfe an Simone heranzukommen. „Könnte nicht Ihr Sohn mit meiner Tochter sprechen?" fragte er Gerda nach einer Sitzung des Kirchengemeinderats. „Daran habe ich auch schon gedacht", antwortete sie, „aber Simone hält ihn vermutlich für einen, der genau dahin will, wo Sie jetzt sind, Herr Nagel. Vielleicht machen Sie sich auch zu viele Sorgen um Ihre Tochter. Sie wird schon wieder zur Vernunft kommen. Denken Sie an Ihre eigene Gesundheit, finden Sie in Ihren Arbeitsalltag zurück, gehen Sie mal wieder auf die Jagd. Wenn das nicht hilft, suchen Sie einen guten Arzt auf. In unserem Alter kann man nicht mehr aus dem Vollen schöpfen."

Nagel war sicher, dass Gerdas gut gemeinte Ratschläge ihm nicht weiter helfen würden. Und was sollte das überhaupt heißen: in unserem Alter? Schließlich war diese Gerda zwei Jahre älter als er. Aber er hatte tatsächlich zu wenig Schlaf, und er hatte doch wieder diesen feinen, tiefen Stich in der Herzgegend gespürt; sein linker Arm hatte auch zu schmerzen begonnen. Er ging zu Fuß nach Hause, es war nicht weit.

Zuhause saß Nagels Schwester in der Halle in einem der schweren Ledersessel und rauchte eine Zigarette. Sie war, wie meist, stark geschminkt, hatte sich Schmuck umgehängt und trug teure Klamotten; Plunder, wie Simone jetzt dazu sagte. „Was hast du über Simones

Aufenthalt herausgefunden?" fragte sie unvermittelt, als ihr Bruder das Haus betrat. „Nicht viel. Sie hat irgendwo in Stuttgart ein Zimmer genommen", antwortete Nagel und fügte hinzu, er fühle sich elend, habe keine Lust zu einem Gespräch.

„Ich habe etwas anderes erfahren", sagte sie. „Simone war bei Pfarrer Greiner und hat ihn um Geld angebettelt. Und sie hat zu ihm einen jungen Mann mitgebracht." „Welchen jungen Mann?" „Seinen Namen kenne ich nicht, der Pfarrer auch nicht, oder er wollte ihn nicht sagen. Jedenfalls soviel ist sicher: er ist ein stadtbekannter Drogenabhängiger, der auch schon mal in eine Apotheke eingebrochen ist, um sich Stoff zu besorgen. Simone scheint der Meinung zu sein, dass ihm geholfen werden muss. Dass sie ihm helfen muss. Und sie soll davon gesprochen haben, dass sie ein Kind von ihm haben will." „Was redest du da?" Nagel war wie vom Schlag getroffen.

Nagel musste sich erst einmal setzen, dann stand er mühsam wieder auf und schleppte sich zur Tür. „Da siehst du, wohin es geführt hat, dass du deine Tochter über die Maßen verwöhnt, was sage ich, vergöttert hast", fuhr seine Schwester fort. Sie wollte noch weitersprechen.

„Ich muss mich hinlegen", sagte Nagel. Dann sank er auf den Teppich. Er konnte nur noch stammeln, sie solle den Arzt rufen, und er zeigte auf seine Brust, auf die Herzgegend. „Das musst du jetzt schon aushalten", sagte

133

seine Schwester ganz kühl. „Die Wahrheit über deine Tochter musst du jetzt aushalten." Der Arzt kam rasch, gab Nagel eine Spritze. Am nächsten Tag ging es ihm besser.

Was Gerda erst später erfuhr: Ihr Sohn Stefan hatte Simone getroffen. Sie sah krank aus, war abgemagert, nachlässig gekleidet. Sie habe einige Zeit das Essen nicht mehr bei sich behalten, gestand sie ihm. Jetzt gehe es ihr schon wieder besser. Sie erbreche nicht mehr alles, was sie zu sich genommen habe.

Stefan nahm sie das Versprechen ab, nichts ihrem Vater zu sagen. „Ich will mit meinem Vater nichts mehr zu tun haben." Das waren ihre Worte. Stefan redete weiter auf Simone ein: „Du willst deinen Vater loswerden. Aber du kannst ihn nicht loswerden, weil du immer noch an ihm hängst. Du wirfst ihm vieles vor, was du absolut missbilligst, aber du schaffst es nicht, ihn als Mensch darauf zu reduzieren." „Versuche dich nicht als Seelenklempner, das können andere besser, das will ich nicht, und das brauche ich nicht."

„Ich hasse ihn", schrie sie plötzlich heraus, und Stefan sah die Tränen in ihren Augen. Ihr Gesichtsausdruck war so hilflos und zugleich zart und lieb trotz des heftigen Gefühlsausbruchs. Gerne hätte Stefan sie gestreichelt und ihr die Tränen weggewischt.

Einige Tage später war Nagel alleine im Haus. Er musste wohl auf der Couch eingenickt sein, nach dem Mittagessen. Da hörte er Geräusche im Haus, Schritte auf der Treppe, im Flur, vor dem Haus Stimmen. Die eine war ihm fremd, aber die andere, das war doch Simones Stimme! Plötzlich war er hellwach, schaute aus dem Fenster, er sah Simones Volkswagen vor dem Haus stehen. Ein junger Mann, den er noch nie gesehen hatte, trug einen Umzugskarton zum Auto. Nagel riss das Fenster auf: „Was machen Sie denn da?" schrie er, „was fällt Ihnen ein, wer sind Sie überhaupt?"

Ehe der Fremde antworten konnte, trat Simone ins Zimmer. Sie war erregt, ihre Stimme zitterte: „Ich nehme nur noch ein paar von meinen Sachen mit, er hilft mir dabei. Ich bin weg, endgültig. Dann brauchst du mich auch nicht mehr hinauszuwerfen. Das wolltest du doch sowieso. Ich habe schon viel zu lange meine Zeit mit euch vergeudet. Und dein Geld, das du anderen abgenommen, aus der Tasche gezogen hast, ich will es nicht, es kotzt mich an. Es kotzt mich an, dich zu sehen. Alles hier kotzt mich an."

Da verlor Nagel seine Selbstbeherrschung. Er brüllte seiner kleinen Simone brutal ins Gesicht, in dieses blasse kleine Kindergesicht, sie solle sich verpissen, sie brauche sich nie mehr hier blicken lassen. Seine Tochter sei sie nicht mehr, in der Gosse könne sie seinetwegen verrecken. Und aus diesem Kindergesicht heraus schrie sie zurück: „Ich hasse dich! Schlag mich doch, es ist ehrlicher als dein Gerede. Ich hasse dich und deinesgleichen." Bei den letzten Worten versagte ihr fast die Stimme.

135

Jetzt war sie fort. Nagel war allein. Er wollte Simone noch sagen, dass Hassen leichter sei als Lieben, aber dazu kam er nicht mehr. Sein Herz jagte und stolperte. Er ging zum Waschbecken, ließ Wasser in ein Glas laufen, nahm eine Tablette, setzte sich zurück in den Sessel. Die Tablette wirkte nicht. Ihm war übel. Die wüsten Worte seiner Tochter standen noch im Raum. Jedes einzelne ihrer Worte hatte ein Gesicht und glotzte ihn an. Wenn ich es nur ungeschehen machen könnte, dachte er noch. Aber wenn ich sie um Verzeihung bitte, wird sie sagen, es sei doch bloß Heuchelei, und ich wolle sie nur wieder gefügig machen. Wie soll ich weiterleben, wenn die eigene Tochter mit solcher Verachtung von mir sprechen kann?

Beim Abendessen berichtete Stefan seiner Mutter, was man in der Apotheke erzählte. „Nagel geht es gar nicht gut, sagen sie, gesundheitlich. Er nimmt sich die Sache mit seiner Tochter doch sehr zu Herzen."

Auf der nächsten Sitzung des Kirchengemeinderats erfuhr Gerda mehr. „Doktor Nagel liegt im Krankenhaus", verkündete Pfarrer Greiner. Man bat ihn, den Patienten zu besuchen. Der Pfarrer fragte, ob Gerda ihn begleiten wollte, damit es nicht gleich so aussähe, als komme er zur letzten Ölung, gewissermaßen.

Dem wird der Kummer noch das Herz brechen, ist eine Redensart, und man sagt das meist, ohne sich dabei konkret etwas vorzustellen. Als dieser schlimme Herzinfarkt den Apotheker Nagel schließlich erwischte, wäre es tatsächlich beinahe passiert. Seine Tochter Simone war seit Monaten aus der Stadt verschwunden, und keiner wusste, wo sie sich aufhielt und was mit ihr war. Der Mann wurde sterbenskrank, weil er sich von seiner Tochter verachtet und gehasst fühlte.

Als der Pfarrer und Gerda den Apotheker im Krankenhaus besuchten, saß seine Schwester neben dem Bett des Kranken. Die beiden Besucher erschraken über Nagels Aussehen. Es hatte doch geheißen, er sei über den Berg. Auf dem Kissen sahen sie ein blasses, müdes Gesicht mit eingefallenen Zügen und tief in die Höhlen gesunkenen Augen.

Als der Pfarrer ihm dennoch versicherte, er sehe doch schon wieder ganz gut aus, runzelte Nagel die Stirn, was ihm einen Gesichtsausdruck verlieh, der sagen wollte: du weißt ja nicht, wovon du redest. Er hob auch die rechte Hand ein bisschen und machte eine kleine Bewegung, wie um das zu unterstreichen, was er sagen wollte. Auch diese Geste wirkte matt und hilflos, und er sagte mit stockender Stimme: „Das wünsche ich niemand, meinem schlimmsten Feind wünsche ich das nicht."

In die Stille hinein, die diesen Worten folgte, sagte Nagels Schwester laut: „Er hat schreckliche Schmerzen gehabt." Nagel bewegte wie verneinend den Kopf auf dem Kissen.

Es gab eine Pause. Dann brachte der Kranke kaum hörbar hervor: „Aber sie hat doch gar kein Geld, was macht sie denn, so ganz ohne Geld?" Mühsam drehte er den Kopf zu Gerda. Sein Blick war geweitet, angstvoll fragend, die Augen füllten sich mit Tränen.

Nagels Schwester sagte: „Es quält ihn, nicht zu wissen, wo Simone jetzt ist, was sie macht, wie es ihr geht." Der Pfarrer nickte beruhigend, dann sagte er: „Ihre Tochter wird sich schon besinnen, zur Vernunft kommen. Machen Sie sich nicht zu viel Sorgen." Nagel fuhr sich langsam mit der Hand über das Gesicht. Als er wieder zu Gerda hinsah, verzog er die Lippen zu einem kläglichen Lächeln: „Sie ist doch so ein zerbrechliches Kind! Sie hat sich immer vor Spinnen gefürchtet, fürchtet sich noch davor. Ich musste sie immer entfernen, aber verletzen durfte ich sie keinesfalls, die Spinnen."

Apotheker Nagel erholte sich nur langsam von seinem Herzinfarkt. Auch als er wieder zu mehr Kräften gekommen war, nahm er beim Gehen gerne einen Stock zu Hilfe. Er schaffte sich einen Rauhaardackel an, den er jeden Tag zu Spaziergängen ausführte. Früher besaß er Schäferhunde, über kleine Hunde hatte er nur verächtliche Ansichten. Um die Apotheke kümmerte sich seine Schwester, die unter dieser Aufgabe noch einmal aufblühte. Aus seinen Ehrenpflichten zog Nagel sich zurück.

Auch im Kirchengemeinderat wirkte er nicht mehr mit. Dieser war nun etwas anders zusammengesetzt. Verglichen mit früher, so schien es Gerda, war nicht mehr so richtig Leben in diesem Kreis. Vielleicht lag es daran, dass das Schiff nun ohne seine Gallionsfigur segelte, wie der Herr Pfarrer bemerkte. Und jetzt, da Wilhelm Nagel nicht mehr an den Gesprächen beteiligt war, spürte Gerda noch mehr als zuvor, dass sie ihn mochte.

Monate später erhielt Gerda einen Telefonanruf von ihrer Schwester Erna, der Diakonisse, die einem Heim für ledige Mütter und deren Kinder vorstand. „Eine junge Frau, Simone Nagel, hat bei mir angefragt, ob sie ins Heim kommen kann. Den Apotheker Nagel kennst du doch? … Ja, es ist die Tochter. Simone ist schwanger. Sie behauptet, sie weiß nicht, wer der Vater des Kindes ist, oder sie will ihn nicht nennen. Aber mehr noch, schlimmer: gegenwärtig ist Simone im Gefängnis, sie hat Eigentumsdelikte begangen. Sie sagt, von allem wisse ihr Vater nichts, und Simone will auch nicht, jedenfalls vorläufig nicht, dass dem Vater etwas mitgeteilt wird."

Gerda erfuhr noch anderes von ihrer Schwester, die mit der Gefängnisleiterin gesprochen hatte. Simone sollte bald entlassen werden, hatte aber offensichtlich niemand, der sie besuchte, sich um sie kümmerte, sie nach der Entlassung abholt hätte. Und Gerda wurde von ihrer Schwester gebeten, mit Simone Kontakt aufzunehmen.

Der Weg vom Bahnhof der kleinen Stadt zur Strafanstalt war viel länger, als Gerda vorher angenommen hatte, und die Passanten – sie nannte nur den Namen der Straße – zuckten mit den Achseln. Schließlich beschrieb ein älterer Herr ihr, wie sie gehen musste. „Ach so, zum Knast?" Gerade war ihm ein Licht aufgegangen.

Gerda querte nun die Bahnlinie durch eine dieser verdreckten und stinkigen Unterführungen, bog dann nach links, ging immer den Gleisen entlang, nach vierhundert Metern rechts, dann lange geradeaus, eine trostlose Straße mit ein paar Bäumen an der Seite, mit tristen Wohnhäusern, kleinen Geschäften, einer Tankstelle.

Gerda beeilte sich nicht. Sie hatte ein wenig Angst vor dieser Begegnung, die ihr bevorstand. Schließlich bog sie noch einmal ab, rechter Hand war nun die hohe, lange Mauer der Haftanstalt. Dann Tore in der Mauer, rechts ein kleines, daneben eine Klingel und ein vergittertes Fenster, links ein großes. Nach dem Klingeln öffnete sich das Fenster ein wenig, Gerda übergab dem Beamten dahinter das Schreiben der Gefängnisleitung, das sie erhalten hatte, wurde eingelassen. Eine Beamtin trat hinzu, mit einem großen Schlüsselbund.

Nun spielte sich alles Weitere so ab, wie Gerda es von Filmszenen her kannte: der Weg über einen Hof, Türen, die aufgeschlossen und wieder verschlossen wurden, durch Gänge, über Treppen. Klopfen an einer Bürotür, das Vorzimmer, dann das Büro der Gefängnisdirektorin. Gerdas Anliegen war bekannt, man bat sie zu warten.

Dann wurde Simone in das Zimmer geführt, sie wurde förmlich herein geschoben. Gerda und Simone begrüßten sich reserviert, beide waren befangen. So blieb es auch während der Viertelstunde, die diese Begegnung dauerte.

Mit Unterstützung der Direktorin kam man überein, dass Simone von Gerda in zwei Wochen – das war der Termin der Entlassung – abgeholt und in das Heim für ledige Mütter gebracht werden sollte. Ihren Vater noch im Gefängnis zu sehen lehnte Simone empört ab, und sie wollte ihm auch nach der Entlassung keinen Besuch abstatten.

Nun war Simone im Heim, hochschwanger. Die Diakonisse Erna wusste, was sie bei Simone erreichen wollte. „Sie müssen mit Ihrem Vater reden und sich mit ihm aussöhnen. Wenn der erst einmal Großvater ist und sein Enkelkind in dem kleinen Bettchen liegen sieht!"

Doch Schwester Erna hatte oft genug erfahren, dass ein uneheliches Enkelkind nicht selbstverständlich von allen Großeltern angenommen wurde. Die einen sorgten sich um den guten Ruf der Familie und fürchteten die Schande, andere sahen die Zukunft ihrer Töchter verbaut. Und schließlich, man wusste nichts über den Kindsvater, was das wohl für einer war? Nicht wenige Eltern hatten schon versucht, ihre Töchter zur Freigabe des Neugeborenen für eine Adoption zu überreden. Aber Schwester Erna verfügte über die Überzeugungskraft, die nötig war, Simones Abwehr zu überwinden. Erst schrieb sie selbst einen Brief an den Vater; dann fügte die Tochter ein paar Zeilen hinzu.

Vater Nagel wollte sich mit der Tochter ohne wenn und aber aussöhnen. Und als das Kind dann da war, redete Simone nicht mehr davon, allein und ohne Unterstützung für den kleinen Winzling sorgen zu wollen. Auch das hatte Schwester Erna mit ihrer Überzeugungskraft erreicht. Bald konnte sie die Akte *Nagel, Simone* schließen; nur von Zeit zu Zeit fügte sie noch Briefe hinzu, in denen über die prächtige Entwicklung des Sprösslings freudig berichtet wurde und die stets mit immer erneuerten Dankesworten schlossen.

Jahre später. Gerda war schwer krank geworden. Nun besuchte der alte Apotheker Nagel sie am Krankenbett. Worüber sollten sie sprechen, doch nicht nur über Krankheiten? Wie oft hatte Gerda schon Besucher gehabt, die vermeintliches oder tatsächliches Fachwissen ihr wie nasse Lappen um die Ohren hauten, Besucher, die sie, Gerda, nicht ernst zu nehmen schienen, die ihr gar nicht richtig zuhörten, da sie sofort von sich selbst redeten oder von Bekannten, die dieselbe oder eine ganz andere Krankheit hatten. „Auweh!" hatte eine Nachbarin gesagt, „das kenne ich. Meine Schwiegermutter hatte die gleiche Krankheit. Das dauert, wenn es überhaupt je wieder wird. " Oder Freundinnen berichteten so Schreckliches von ihren eigenen Krankheitserfahrungen, dass Gerda am Ende fast glaubte, sie selbst simuliere nur und ihre eigenen Leiden seien nichts im Vergleich zu dem, was das Gegenüber schon erlebt hatte.

Aber Wilhelm Nagel hatte gleich verstanden. „Unsere Kinder, Ihr Stefan und meine Simone, sind nun längst erwachsen, und die Enkel sind auch schon groß und gehen aufs Abitur zu", sagte er; er sagte das nicht ganz ohne

Stolz und Freude, aber auch ein wenig traurig. So hatten sie denn ein gemeinsames Thema gefunden.

„Die Kinder kommen zu Besuch", nahm Gerda den Gesprächsfaden auf, „und fragen: Wie ist das gewesen und jenes." Und Nagel fuhr fort: „Aber in den Augen der Kinder sind wir doch schon sehr alt, und sie geben uns letztlich zu verstehen: Seht zu, wie ihr mit Eurer Vergangenheit fertig werdet, uns gehört die Zukunft."

„Ja", antwortete Gerda, „aber uns Alten gehört die Vergangenheit *und* die Sorge um die Jungen."

Der Absturz

Die Familie Maksuti: die Eltern, ihr Sohn Skender, seine beiden Brüder und die Großmutter, lebten in den jugoslawischen Bergen bei Prizren auf dem kleinen Gehöft, wo schon die Urgroßeltern gehaust hatten. Die Maksutis führten ein einfaches Leben. Sie holten das Wasser noch mit Eimern vom Brunnen, der Herd in der Küche und im Winter der Ofen in der Wohnstube wurden mit Holz befeuert. Die Frauen kümmerten sich um den Haushalt und die kleine Landwirtschaft, die auf den kargen Böden nicht viel abwarf. Der Jüngste ging noch zur Schule. Die Männer: Skender, sein älterer Bruder und ihr Vater, fuhren jeden Morgen zur Arbeit nach Prizren.

Bauunternehmer Anamali hatte vor der Einstellung zu Skender gesagt, er werde bei ihm alles von Grund auf lernen, das Maurern, Anstreichen, Tapezieren, Fliesenlegen. Als Skender dann anfing, stellte Anamali ihm eine Schubkarre hin und ein Traggestell für den Rücken.

„Wenn Skender Maksuti die Steine aufs Gerüst bringt, dann wächst die Mauer fast von alleine hoch", sagte Anamali jedesmal, wenn er auf die Baustelle kam, um nach dem Rechten zu sehen.

Und Skenders alter Schulfreund Sami meinte, wenn Skender bei Anamali bliebe, würde er für den Rest seines Lebens nassen Zement schaufeln und Steine aufs Gerüst tragen müssen. Ob er das denn wolle?

Als Skender seinen Eltern erklärte, er denke daran, weiter weg zu ziehen, waren sie bestürzt. Aber sie dachten an Prishtina oder allenfalls Belgrad. Skender dachte an Deutschland. Sami hatte gesagt, er kenne einen Landsmann in Köln, der könne ihm dort Arbeit und Unterkunft verschaffen. Den solle er anrufen, sobald er dort sei. Das tat Skender, gleich nachdem er in Köln angekommen war, und der Mann, dessen Telefonnummer Sami ihm gegeben hatte und der sich Altin Rrahimi nannte, vermittelte ihm tatsächlich eine Arbeitsstelle.

Ihr könnt Euch nicht vorstellen, wie es hier ist, es ist aber gar nicht so schlecht, hatte Skender auf die Postkarte an seine Eltern geschrieben. Der Kölner Dom war darauf zu sehen. Ich verdiene viermal so viel wie bei Anamali. Dass das Leben in Deutschland sehr viel teurer war als zu Hause, schrieb er nicht. Auch nicht, dass er hier ebenfalls Steine auf das Gerüst schleppte, und dass er Heimweh hatte.

Jeden Morgen wartete Skender in der Gegend, wo er sich mit drei anderen Kosovaren ein Zimmer teilte, auf den Ford Transit, der sie abholte und durch halb Köln zur Baustelle fuhr. In seiner Kolonne waren fast nur Kosovaren und Serben. Die Serben stellten die Maurer und Putzer, die Kosovaren die Hilfsarbeiter. Die Serben schauten auf die Kosovaren hinunter, sie verachteten sie. Dafür, und eben weil sie Serben waren, wurden sie von den Kosovaren gehasst.

Skenders serbischer Vorarbeiter, Janco Bogdanovic, ein kräftiger Mann mit schwarzem Schnurrbart, war der schlimmste. Dem sollte Skender erst einmal beweisen, dass er arbeiten konnte. Der Polier war ein Herr Schmitz. Den kümmerte es nicht, dass Bogdanovic seine Leute schikanierte. Er brauchte ihn, denn Bogdanovic war sein Dolmetscher, der einzige, der halbwegs Deutsch sprach und auch mit den Kosovaren reden konnte. Als Skender sich dem Polier vorstellte, fragte der, was Maksuti denn für ein idiotischer Name sei, und nannte ihn stattdessen Max.

Nachdem Skender schon mehrere Wochen auf dem Bau gearbeitet hatte, nahm der Mann namens Rrahimi wieder Kontakt zu ihm auf. Er erkundigte sich angelegentlich, wie es ihm gehe, als sie sich abends zufällig in der Bar trafen, wo Skender öfter mal mit seinen Kumpels hinging. Rrahimi schüttelte allen die Hand und spendierte ihnen eine Runde. Er sagte, dass er bei Ford arbeite und besser verdiene als sie. Aber er wolle gelegentlich ein paar heimatlich Laute hören. Er schaute danach häufiger in der Bar vorbei. Bei ihren Unterhaltungen erfuhr Rrahimi, dass Skender von Bogdanovic und Schmitz schlecht behandelt wurde, und Skenders Kumpel bestätigten das. Rrahimi sagte zu Skender, dass ihm das leid tue. Aber er habe keine andere Arbeit für ihn finden können. „Wenn ich etwas erfahre, wirst du von mir hören."

Rrahimi kümmerte sich auch weiter um Skender. Er nahm ihn mit ins Müngersdorfer Fußballstadion, wo der 1. FC Köln seine Bundesliga-Heimspiele austrug, er lieh ihm großzügig Geld, als Skender knapp bei Kasse war, und er verschaffte ihm eine bessere Unterkunft. In den kurzen Briefen, die Skender nach Hause schrieb, erzählte Skender nichts von seinen Problemen auf der Arbeit, aber er erwähnte auch seine Bekanntschaft mit Altin Rrahimi nicht.

Eines Tages gestand er Rrahimi, dass er die Schnauze voll habe. „Ich denke daran, in den Kosovo zurückzugehen." „Warum willst du zurück?" „Es passt mir hier nicht. Bogdanovic hat meine Mutter eine Hure genannt. Selbst in den Kneipen, wo man uns rein lässt, ziehen die Serben über uns her. Die Deutschen grüßen dich nichteinmal. Oft bin ich abends allein, und ein Mädchen lerne ich hier auch nicht kennen. Das ist kein Leben für mich."

Das Haus, in dem Skender wenig später wohnte, lag in einer Gegend mit hübschen Häusern aus dem neunzehnten Jahrhundert. Hier wohnten Arbeiter, Angestellte, Studenten, und es gab Läden in der Nähe. Er hatte die kleine Wohnung im ersten Stock ganz für sich. Das Mietgeld händigte er bar dem Mann aus, von dem er auch die Schlüssel bekommen hatte. Die Miete lächerlich gering. In dem kleinen Haus war es sehr still. Fast nie begegnete er jemand im Treppenhaus oder auf

147

dem Flur. Niemand beobachtete ihn misstrauisch, weil er kein Deutscher war. Eigentlich wusste er gar nicht, ob noch andere Leute dauerhaft in dem Haus wohnten. Manchmal hörte er während einiger Tage in der Wohnung über sich Schritte, dann wieder war es tagelang ruhig. In den Zimmern im Erdgeschoss waren immer die Rollläden herabgelassen. Zu Anfang genoss Skender die Stille. Aber bald kam es ihm wie Grabesruhe vor.

Eines Tages sagte Rrahimi in der Kneipe: „Skender, ich möchte dich mit Herrn Vathi bekannt machen. Der hat vielleicht was für dich." Skender dachte, es würde sich um eine andere Arbeitsstelle handeln. Rrahimi schleppte Skender durch halb Köln, bis sie schließlich in einer kleinen Straße angelangt waren. Durch eine Hofeinfahrt gingen sie zur Rückseite eines Hauses, Rrahimi klopfte, und gleich darauf öffnete sich die Hintertür.

„Hier ist Skender Maksuti", sagte Rrahimi zu dem Mann, der im Hausflur stand. „Ach, dieser tüchtige Bursche! Man hat mir schon von dir erzählt", begrüßte er die beiden. „Das ist Herr Vathi", sagte Rrahimi, und, zu Herrn Vathi gewandt: „Wir wollten mal bei Ihnen vorbeischauen".

Herr Vathi ging ihnen voraus in die Küche und stellte für jeden eine Flasche Kölsch auf den Tisch. „Wie geht es denn so, Skender?" Der antwortete, nicht ganz wahrheitsgemäß, es laufe alles soweit gut, aber Rrahimi mischte sich ein: „Es ist wie schon so oft. Ein serbischer Vorarbeiter kujoniert einen jungen Kosovaren, der neu in Deutschland ist und sich nicht wehrt, und der Polier deckt ihn. Selbst hier machen die Serben uns das Leben schwer, wie sie es zu Hause schon seit Jahrhunderten tun." Herr Vathi nickte mitfühlend und fragte dann unvermittelt: „Bist du mit deiner neuen Wohnung zufrieden?" Skender war überrascht, dass Herr Vathi von seinem Umzug wusste und sich danach erkundigte. Er antwortete, dass er alles bestens fände.

„Die Wohnung hat dir Herr Vathi besorgt", sagte Rrahimi. „Die Wohnung?" „Ja, ja, die Wohnung." Dann kamen Rrahimi und Vathi auf andere Themen zu sprechen.

„Herr Vathi meint es gut mit dir", sagte Rrahimi zu Skender, als sie wieder auf dem Nachhauseweg waren. Der wusste damit nicht viel anzufangen, fragte aber auch nicht weiter nach.

Herr Vathi habe sie eingeladen, sagte Altin Rrahimi ein paar Tage später in der Bar zu Skender.

Wieder saßen sie bei Herrn Vathi am Küchentisch und tranken Bier. „Ich habe mir gedacht, du könntest noch den kleinen Auftrag für mich übernehmen, über den wir das letzte Mal gesprochen haben", sagte Herr Vathi und fügte noch hinzu: „Bevor du dich auf den Weg zurück in die Heimat machst, meine ich. Rhahimi wird dir alles erklären." Skender verstand nicht ganz, er konnte sich nicht daran erinnern, dass sie beim ersten Treffen über einen Auftrag gesprochen hätten. Aber er hatte keine Lust, darüber zu diskutieren.

Am nächsten Abend erhielt Skender Besuch von Rrahimi. Der hatte einen Schlüssel zu der Wohnung im Erdgeschoss, in der die Rollläden immer herabgelassen waren. Sie traten ein, machten aber kein Licht, Rrahimi leuchtete mit einer Taschenlampe. Die Wohnung sah heruntergekommen und unbewohnt aus. Rrahimi hob ein paar Bodenbretter hoch. Skender sah nun im Licht der Taschenlampe ein paar Drähte und das Ziffernblatt eines Zeitzünders. „Es ist nicht kompliziert", sagte Rrahimi, „ich werde dir genau erklären, was du tun musst". Er legte die Bretter wieder zurück, und sie gingen nach oben in Skenders Wohnung.

„Mit dem, was Sie da vielleicht planen, will ich nichts zu schaffen haben!", sagte Skender. „Jetzt hör mir mal gut zu", sagte Rrahimi. „Herr Vathi hat dir Arbeit verschafft, er hat dir eine Wohnung besorgt, du zahlst kaum Miete, er hat dir Geld geliehen und sich auch sonst um dich gekümmert. Herr Vathi hat gesagt: Skender, der gefällt mir. Der hat die richtige Art. Skender Maksuti ist unser Mann." „Ich kann trotzdem das, was Sie von mir verlangen, nicht erledigen", entgegnete Skender.

Aber Rrahimi ließ nicht locker. „Niemand möchte gern Bombenleger werden. Aber denk an die Massaker, die sie veranstaltet haben. Denk daran, dass sie uns belogen und betrogen haben. Denk daran, dass die Serben uns in unserem eigenen Land unterdrücken, tyrannisieren. So, wie Janco Bogdanovic dich tyrannisiert. Und es gibt viele Bogdanovic."

„Herr Vathi möchte nicht, dass es Verletzte oder Tote gibt", fuhr Rrahimi fort. „Es wird ein leeres Flugzeug sein, ein Flugzeug der JAT, der Jugoslovenski Aerotransport, das abseits auf dem Rollfeld steht. Kein Mensch wird in der Nähe sein. Du musst dir alles genau merken, du darfst nichts aufschreiben."

„Es hat immer Männer bei uns gegeben, die gekämpft haben. Denk an die Männer der Rilindija. Sie sind unsere Helden. Du wirst stolz auf dich sein können, alle werden stolz auf dich sein!" fügte Rhahimi noch hinzu.

Skender blieb misstrauisch, aber er war auch neugierig. Vor allem wusste er nicht, wie er seinen Kopf aus der Schlinge ziehen könnte, die Herr Vathi und Altin Rrahimi um seinen Hals gelegt hatten und die sie immer mehr zuzuziehen schienen. Und Skender spürte auch eine Erregung, die ihm Kraft zu verleihen schien.

Es sei alles genau ausgetüftelt, sagte Rrahimi und erläuterte Skender die Einzelheiten seines Auftrags. „Was soll ich sagen, wenn ich angehalten werde, von der Polizei; wenn sie mich verhören?" fragte Skender. „Wenn sie wissen wollen, ob ich Herrn Rrahimi kenne oder Herrn Vathi?" „Sie kennen diese Namen nicht. Du kannst irgendwelche Namen nennen. Und wenn du unsere Namen nennst, weil du Angst hast: die werden nicht wissen, von wem du redest." Ob das nicht ihre Namen seien? Wie er denn darauf komme, entgegnete Rrahimi. Am Ende des Gesprächs hatte Rrahimi Skender noch nach einem Passbild gefragt.

Einige Tage später brachte Rrahimi ihm ein Ticket für einen Flug mit der JAT von Köln nach Hamburg und einen schon etwas abgegriffenen jugoslawischen Pass mit Skenders Bild. Skender hieß nun Izer Tasci.

In den Tagen bis zu dem vereinbarten Termin fuhr Skender wie gewöhnlich tagsüber auf die Baustelle. Abends ging er in das verdunkelte Zimmer, hob die Dielenbretter ab, machte sich mit der Einstellung des Zeitzünders vertraut und probierte aus, wie er die Bombe und den Zünder am besten in seiner Reisetasche verstauen konnte. Dann fuhr er mehrmals hinaus zum Flughafen, merkte sich die Zeit, die er brauchte, und sah sich dort alles genau an. Rrahimi und Herrn Vathi sah er nicht mehr.

Er wohnte jetzt ganz allein in dem Haus. Er kochte nicht mehr, wie es Rrahimi ihm geraten hatte, er zog die Rollläden nicht hoch, er benutzte nur noch die Hintertür und gelangte über den Hof auf die Straße. Es war Winter; morgens, wenn er das Haus verließ, und abends, wenn er zurückkam, war es dunkel. Er wollte von niemand mehr gesehen werden. Wenn jemand die Nachbarn später danach fragen sollte, würden sie sagen, dass das Haus in der letzten Zeit nicht mehr bewohnt war.

Am Tag vor dem Termin, den Rrahimi ihm genannt hatte, packte Skender seine Sachen in den Koffer, mit dem er gekommen war, und verstaute ihn in einem Schließfach am Kölner Hauptbahnhof. Er sammelte sorgfältig alle Abfälle und Reste in der Wohnung, steckte sie in eine Plastiktüte und brachte sie zu einem Abfallbehälter in einer anderen Straße. Mit dem Staubsauger saugte er gründlich die ganze Wohnung. Schließlich wischte er die Türklinken, Fenstergriffe und andere Stellen, die er angefasst haben könnte, mit einem Papiertuch ab. Als er an einem Januar-Vormittag, es war ein Mittwoch, mit der Reisetasche in der Hand das Haus verließ, um zum Flughafen zu fahren, blieb nichts mehr zurück, was seine Identität verraten konnte.

Die Maschine der JAT, die aus Belgrad kam, sollte in Köln zwischenlanden und dann nach Hamburg weiterfliegen. Zwei Stunden später würde die Maschine von Hamburg via Nürnberg zurück fliegen. Von Nürnberg sollte der Flug erst in östlicher Richtung in den Prager Luftraum führen, dann weiter in südöstlicher Richtung, vorbei an Wien und Budapest, nach Belgrad.

In Köln hatte der Flieger eine Stunde Verspätung. Würde das die Durchführung seines Auftrags in Frage stellen? Skender wurde noch nervöser als er es vorher schon war, seine Angst vor dem, was bevorstand, wuchs. Aber er war nicht im Stande, einen klaren Gedanken zu fassen. Sein Auftrag lautete, in Köln in das Flugzeug zu steigen, nach Hamburg zu fliegen und dort wieder auszusteigen, aber die Reisetasche mit der Bombe im Flugzeug zu lassen. Niemandem würde das auffallen. Den Zeitzünder hatte er so eingestellt, dass die Bombe explodieren würde, während das Flugzeug abseits und ohne Menschen an Bord in Wartestellung auf der Rollbahn stand, bevor es wieder in die Position für das Einsteigen der neuen Passagiere gefahren würde. Diese Zeit wurde jetzt knapp. Und würde die Maschine überhaupt vom Gate weggeschoben werden?

Das Flugzeug landete, und alles verlief erst einmal planmäßig. Im Flugzeug verstaute er die Tasche im Gepäckfach über seinem Kopf. Viele Passagiere waren in Köln ausgestiegen, das Flugzeug war nun ziemlich leer. Das war ihm sehr unangenehm; er hatte das Gefühl, alle würden auf ihn schauen, alle wüssten bereits, was er vorhatte. Die Erregung, die ihn erfasst hatte, solange er Rrahimi zugehört hatte, war verflogen. Dass Herr Vathi ausgerechnet ihn erwählt hatte, bedeutete ihm jetzt gar nichts mehr.

Nach der Landung in Hamburg entwickelte sich alles für sein Vorhaben noch ungünstiger, als er befürchtet hatte. Die anderen Mitreisenden stiegen aus, er zögerte noch. Nun kamen schon die Reinmachefrauen an Bord und, völlig überraschend für ihn, bereits die ersten Passagiere: sechs Kinder mit ihren Müttern. Die Angst, die ihn schon erfasst hatte, legte sich wie ein eiserner Ring um seine Brust. In seinen Armen breitete sich eine Schwäche aus, und einen Moment lang glaubte er, die Tasche nicht mehr aus dem Gepäckfach heben zu können, doch als er es versuchte, schien alles in Ordnung zu sein. Einen Augenblick später zwang ihn ein Schwindelanfall, die Augen zu schließen. Eine der Frauen bot ihm ihre Hilfe an, fragte, ob alles in Ordnung sei.

Später wusste Skender nicht mehr, wie er es geschafft hatte, das Flugzeug zu verlassen und in die Ankunftshalle zu gelangen. Er ging mit seiner Reisetasche auf die Toilette und stellte den Zeitzünder an der Bombe zurück. Es war höchste Zeit. Er trat aus dem Flughafengebäude, winkte ein Taxi heran, stellte die Tasche vorsichtig neben sich auf die Rückbank des Autos, wo er sie während der ganzen Fahrt über festhielt, und sagte zu dem Fahrer nur „zum Fluss". Der Fahrer wollte genaueres wissen, aber Skender wusste selbst nichts genaueres, er konnte auch nicht mehr Deutsch. So steuerte der Fahrer das Elbufer an, und nachdem sie eine kurze Strecke auf der Uferstraße gefahren waren, ließ Skender sich absetzen.

Beim Gehen streckte er den Arm mit der Tasche weit von sich, obwohl er wusste, dass das nichts nützen würde. Er ging mit der Tasche über die Wiesen zum Ufer bis zu einer Stelle, wo er glaubte, dass niemand ihn sehen konnte. Dann ließ er die Tasche mit der Bombe ganz vorsichtig in den Fluss gleiten. Sie füllte sich rasch mit Wasser. Dann ließ er sie vollends los, sie trieb vom Ufer ab und versank langsam in den Wellen. Nichts sonst war geschehen.

Zur nächsten Busstation war es ein Ende zu gehen, aber Skender lief nun, da er nicht mehr auf die verfluchte Tasche achtgeben musste, leichten Schrittes dahin. Er fuhr zum Hauptbahnhof, setzte sich in den nächsten Zug Richtung Köln, holte dort seinen Koffer aus dem

Schließfach, verbrachte die Nacht auf dem Bahnhof und nahm den Frühzug nach München. Einen Tag später war er in Belgrad. Als er dort auf dem Bahnhof wie zufällig an einem Zeitungskiosk vorbeiging, fiel sein Blick auf die Morgenzeitungen.

Sie hatten alle dieselbe dicke Schlagzeile:

Jugoslawisches Flugzeug über der Tschechoslowakei explodiert.

Dann las er auch den Text:

Am Mittwoch ist eine jugoslawischen Douglas DC-9 Maschine beim Flug von Hamburg nach Belgrad über tschechoslowakischem Staatsgebiet abgestürzt. Bis gestern Nachmittag wurden aus den Trümmern Leichen und Leichenteile geborgen. Die genaue Zahl der Verunglückten konnte noch nicht festgestellt werden. Unter den Passagieren waren auch sechs Kinder. Vier der fünf Besatzungsmitglieder wurden getötet. Eine Kommission, in der sowohl tschechoslowakische als auch jugoslawische Experten vertreten sind, hat an der Absturzstelle die Untersuchung über die Ursache des Unglücks aufgenommen. Die einzige Überlebenden der Katastrophe, die Stewardess Maja Nedi´c, liegt in einem Prager Krankenhaus. Ihr Zustand ist nach Angaben der dortigen Ärzte stabil.

Skender verstand nicht, was er da las. Das war doch die Maschine, in der seine Bombe explodieren sollte? Aber die Bombe lag auf dem Grund der Elbe. Er war vollkommen verwirrt. Er suchte das billige Quartier auf, das man ihm früher einmal genannt hatte, unschlüssig, was er nun tun und wohin er sich wenden sollte.

Am nächsten Tag brachten die Zeitungen Einzelheiten. Was Skender da las, beruhigte ihn. Nach dem Absturz rühmten sich in mehreren Telefonanrufen kroatische Emigranten in Deutschland damit, die Bombe in das Flugzeug geschmuggelt und dort versteckt zu haben. Schon im Jahr zuvor hatten Ustascha-Anhänger den jugoslawischen Botschafter in Stockholm erschossen. Die Ustascha, davon hatte Skender gehört, war eine faschistische Organisation, die im Zweiten Weltkrieg mit den Deutschen gegen die Serben kollaboriert hatte und jetzt am Zerfall Jugoslawiens interessiert war. So war für die Behörden klar, dass kroatische Terroristen den Flugzeugabsturz herbeigeführt hatten.

Der Bombenanschlag galt vermutlich dem jugoslawischen Ministerpräsidenten, der zu dieser Zeit in Deutschland bei einem Staatsakt zu Ehren eines gerade verstorbenen Alt-Bundespräsidenten weilte. Der Ministerpräsident, ein Moslem aus der Teilrepublik Bosnien-Herzegowina, wollte am Tag des Attentats Deutschland mit dem später explodierten Flugzeug verlassen. Er hatte aber eine frühere Maschine genommen und war so dem Anschlag entgangen.

Weiter erklärten die staatlichen Stellen: Eine an Bord der DC-9-Maschine geschmuggelte Bombe ist in 9000 Metern Höhe explodiert. Die Explosion hat das Flugzeug augenblicklich in zwei Teile zerrissen. Durch den abrupten Ausgleich des Druckunterschieds zwischen dem Innenraum des Flugzeugs und der Umgebung ist die Wirkung der Explosion weiter verstärkt worden. Die Ermittler glauben, dass das Cockpit und der vordere Teil des Rumpfes sofort in weitere Teile auseinanderbrachen und diese separat zu Boden fielen.

Die Stewardess Nedi´c habe sich im hinteren Teil der Maschine mit den Tragflächen befunden. Dieser Teil sei in einer spiralförmigen Flugbahn die 9000 Meter zum Erdboden gesegelt. Das war eine Sensation. Nie zuvor hatte ein Mensch einen Absturz aus einer derartigen Höhe überlebt.

Die Untersuchungskommission gab weiter bekannt: Als das Flugzeug auseinanderbrach, peitschten durch den Rumpf starke Luftströmungen, die den Passagieren die Kleidung wegrissen und Objekte wie die Getränkewagen in tödliche Geschosse verwandelten. Aufgrund der plötzlichen Druckänderung dehnten sich die Gase innerhalb der Körper auf das Vierfache aus, was bei vielen Passagieren zu einer Lungenüberdehnung oder einem Lungenkollaps führte. Passagiere, die nicht angeschnallt waren, wurden aus der Maschine in minus fünfzig Grad kalte Luft geschleudert und fielen etwa zwei Minuten lang aus neun Kilometern Höhe in Richtung Boden. Andere blieben auf ihren Sitzen und schlugen noch angeschnallt am Boden auf.

Bald erfuhr man mehr über diese Stewardess Maja Nedi´c, deren Name in allen Berichten immer wieder genannt wurde. Maja war in Belgrad aufgewachsen und dort zur Schule gegangen. Der damalige jugoslawische Staatschef hieß Josip Broz Tito. Er war auf der Höhe seiner Macht. Nach dem Krieg hatten er und seine Partisanen es vermocht, ganz Jugoslawien zu vereinen. Tito schuf einen totalitären Staat, in dem Slowenier, Kroaten, Serben, Bosniaken, Kosovaren, Mazedonier und Montenegriner zusammenlebten. Doch die jahrhundertealte Feindschaft zwischen den Volksgruppen schwelte unter der befriedeten Oberfläche weiter.

Nach dem Schulabschluss ging Maja in Belgrad zur Universität. Ein Stipendium ermöglichte ihr einen kurzen Aufenthalt in London, um besser Englisch zu lernen. Wieder in Belgrad, traf sie eine Freundin. Die Freundin hatte eine schicke Uniform der staatlichen jugoslawischen Fluglinie JAT an. Wirklich reizend sah sie darin aus. Und sie war gerade für einen Tag in London gewesen!

In London! Warum sollte Maja nicht auch als Flugzeug-Stewardess arbeiten, dachte sie sich. Wenigstens jeden Monat einmal könnte sie nach London fliegen. So fing sie mit der Fliegerei an.

Erst ein paar Monate war Maja Stewardess, als das Unglück passierte. An einem Wintertag Ende Januar, es war ein Dienstag, flog sie mit ihrer Crew nach Hamburg. Maja hatte in der Zeitung gelesen, dass ihr Ministerpräsident gerade in Deutschland war und am Mittwoch von Hamburg aus mit ihrer Maschine zurückfliegen wollte. Sie war deswegen ziemlich aufgeregt. So ein prominenter Fluggast!

Den ganzen Nachmittag und auch den Mittwochvormittag hatte die Crew frei. Maja und ihre Kollegen gingen in Hamburg shoppen und kauften etwas für ihre Familien und Freunde ein. Dann warteten sie auf das Flugzeug, das von Köln kam und das ihre Crew für den Rückflug nach Belgrad übernehmen sollte. Der Ministerpräsident war nicht an Bord; er hatte eine frühere Maschine genommen. Das Flugzeug kam verspätet an. Deshalb waren sie schon am Terminal und sahen zu, wie es auf seine Position auf der Rollbahn fuhr. Das Flugzeug war eine DC-9.

Als die Crew an das Flugzeug herangefahren wurde, stiegen gerade die Belgrader und Kölner Passagiere und die Besatzung aus. Ein junger Mann unter den Passagieren fiel Maja auf. Er hatte eine graubraune Reisetasche bei sich, die er mit gestrecktem Arm weit von sich hielt. Er wirkte verstört. Er erschien bleich und nervös, fahrig und zittrig. Maja war nicht die einzige, der das auffiel. Eine Kollegin aus ihrer Crew sah den Mann auch, und ein Arbeiter vom Bodenpersonal bemerkte ihn ebenfalls.

Die Crew bestieg das Flugzeug durch die Hecktür. Einige Frauen reinigten gerade noch die Fluggastkabine. Dann sah Maja auch die Kinder, es waren sechs, mit ihren Müttern. Sie saßen schon im Flugzeug. Man hatte ihnen den Gang in den Transitraum erspart. Bei der Fliegerei ging es damals noch etwas entspannter zu als heute. Die Sicherheitsregeln waren noch lückenhaft und wurden lax gehandhabt. Man fürchtete noch keine Bombenattentate. Die Kontrolle der Fluggäste und ihres Gepäcks war ziemlich oberflächlich. Systematische Koffer- und Handgepäckkontrollen wurden erst nach und nach eingeführt.

Alles Weitere an Bord war Routinearbeit für die Besatzung. Das Flugzeug war nicht voll besetzt, fünfundzwanzig Passagiere waren an Bord. Pünktlich verließ die Maschine ihre Position am Gate, rollte zur Startbahn und hob ohne Probleme ab.

In dem kleinen tschechischen Dorf am Rande des Böhmerwalds nahe der Grenze zu Deutschland war es still an jenem späten Mittwochnachmittag Ende Januar. Die Tage waren kalt wie in jedem Jahr um diese Zeit. Es lag Schnee. Es wurde schon dunkel. Die Menschen blieben um diese Tageszeit, es war kurz nach fünf Uhr, am liebsten zuhause in der Wärme. Von hoch oben war das monotone Brummen eines fernen Flugzeugs zu hören.

Da durchbrach der Knall einer Explosion die Stille. Später hieß es, die Explosion sei so gewaltig gewesen, dass Fensterscheiben klirrten und Wände bebten. Die Leute rannten aus ihren Häusern. Menschenleiber, Gepäckstücke, Teile eines geborstenen Flugzeugs seien aus dem Himmel gestürzt.

Unmittelbar neben dem Dorf in einem kleinen Tal war die Stelle des Aufschlags. Dort sah es grauenvoll aus. Dorfbewohner, Polizisten, Feuerwehrleute suchten nach

Überlebenden, ohne große Hoffnung. Da kam aus dem Wrack ein leises Stöhnen. Eine blonde junge Frau lag da, ein blutiges Bündel Mensch. Ihre Uniform war zerrissen. Aber sie lebte! Über und neben ihr die beiden anderen Stewardessen, beide tot.

Unter den Helfern war ein ehemaliger Sanitäter der Armee. Er sorgte dafür, dass sie möglichst schonend aus dem hügeligen Gelände gebracht wurde. Die Wirbelsäule konnte ja verletzt sein. Dann wurde Blut gespendet, viel Blut, Blut einer seltenen Blutgruppe. Der Puls der jungen Frau war kaum noch fühlbar, der Blutdruck sehr niedrig. Sie war ohne Bewusstsein. Am nächsten Morgen trat eine erste winzige Besserung ein.

Als Maja erwachte, wusste sie nicht, was mit mir geschehen war. Sie war anfangs gelähmt, sprachlos, ohne Zeitgefühl und Orientierung. Nach und nach erfuhr sie alles. Vier Wochen hatte sie im Koma gelegen. Medizinische Koryphäen standen in der Klinik um ihr Krankenbett, als sie aus dem Koma erwachte. Ihr Körper wurde zusammengehalten von Metallstiften und Korsettstangen. Sie hatte einen Schädelbruch und ein schweres Hirntrauma, drei Wirbel waren gebrochen, einer war zerstört, sie hatte Arm- und Beinbrüche. Wegen des kaputten Wirbels konnte sie ihre Beine nicht bewegen. Sie kämpfte sich von Operation zu Operation, ganz langsam kämpfte sie sich wieder auf die Beine, Klinik um Klinik, von der Neurochirurgie im Prager Militärhospital bis zur Orthopädie in Belgrad.

Nachdem die wahren Täter nicht ermittelt werden konnten und bekannt geworden war, dass Maja überlebt hatte, fürchtete die Polizei ein Attentat der Ustascha auf sie – schließlich war sie die einzige Zeugin. Vielleicht hatte sie unter den Passagieren den Mann gesehen, der die Bombe an Bord gebracht und das Flugzeug womöglich wieder verlassen hatte. Vielleicht war es jener Mann, der beim Verlassen des Flugzeugs in Hamburg auf sie einen verstörten Eindruck gemacht hatte, der ihr damals bleich und nervös, fahrig und zittrig erschienen war. Tag und Nacht hielten Polizisten vor ihrem Zimmer im Krankenhaus Wache.

Viele Menschen wollten Maja helfen, nahmen Anteil an ihrem Schicksal, verfolgten ihre Genesung. Es gab Schlagzeilen in den Tageszeitungen: ,Sie lebt!' Oder: ,Ärzte und Schwestern ringen Tag und Nacht um das blonde Mädchen', oder: ,Halte durch'. In ganz Jugoslawien erzählten Eltern ihren Kindern vom Todesflug der blonden Stewardess. Sie erhielt Briefe noch und noch von wohlgesonnenen Menschen. Das hat ihr sehr geholfen, das hat ihr Mut gemacht. Auch Briefe von Junggesellen mit Heiratsanträgen waren dabei.

Nach vielen Monaten, zahllosen Operationen und Therapien war ihr Körper einigermaßen wieder hergestellt. Noch immer zog sie ihr rechtes Bein ein wenig nach, und wenn es glitschig war, musste sie besonders achtgeben, dass es ihr nicht wegrutschte. Doch allmählich konnte sie daran denken, wieder ein normales Leben zu führen. Eine Erinnerung an das Geschehene ist nie zurückgekommen.

Maja Nedi'c war nun eine Berühmtheit. Einen Weltrekord nannten die einen ihr Überleben, ein Wunder die anderen. Sie gab Interviews für die Medien, Fernsehen und Film interessierten sich für sie. Die Geschichte des Mädchens, das ohne Fallschirm vom Himmel fiel und überlebte, fand Eingang ins *Guinness Buch der Rekorde*. Sie habe gekämpft, um zu überleben, hieß es. Die Ärzte, die sie im Prager Militärspital operierten, hätten noch nie einen so starken Organismus gesehen. Ihr Rekord blieb von Dauer.

Nachdem sie soweit wieder hergestellt war, wollte sie wieder als Stewardess fliegen. Aber man ließ sie nicht. Sie sei dazu wegen des erlittenen Schocks nicht in der Lage. Ihre Fluggesellschaft wollte sie lieber am Boden sehen, in einem sicheren Bürojob. Jahr um Jahr erledigte sie Buchungen für Fachkräfte, die von Jugoslawien ins Ausland entsandt wurden. Es wurde still um die einstige Heldin der Nation.

Dann erschien sie plötzlich wieder auf der Bildfläche, als Kritikerin des Regimes von Slobodan Milosevic. Der hatte eine Rede auf dem Amselfeld gehalten und der serbischen Minderheit im Kosovo Schutz in der mehrheitlich albanischen Provinz versprochen. Dann begannen die Kriege zwischen den verschiedenen Nationalitäten Jugoslawiens. In den Augen von Maja Nedi'c hatten Kroaten, Bosnier, Kosovaren und Serben zu lange derselben Nation angehört, als dass sie zu diesen Vorgängen schweigen wollte.

In Radiointerviews tat sie ihre Empörung kund und rief Studenten und Professoren, Schriftsteller, Schauspieler und Künstler zu Streik und Boykott auf. Dieses Engagement kostete sie ihren Job. Aber während andere Regimegegner verhaftet wurden, blieb Maja unangetastet. Sie war immer noch eine Heldin der Nation.

Frau Maksuti und ihr Mann waren sehr überrascht, als ihr Sohn Skender völlig unerwartet in der Tür stand. Aber sie fragten nicht weiter nach. Vielleicht hatte seine plötzliche Rückkehr etwas mit einem Mädchen zu tun, sagten sie sich. Sein Freund Sami fragte nicht, ob Skender in Deutschland die Telefonnummer benutzt habe, die er ihm gegeben hatte, und ob er auf diese Weise Arbeit gefunden habe.

Auch Skender erzählte nicht viel. Er fand wieder Arbeit bei einem Bauunternehmer, er trug wieder Steine aufs Gerüst und mischte den Beton für die Maurer.

Sein ganzes Leben würde Skender niemand von dem erzählen können, was in Deutschland geschehen war. Die anderen würden nie wissen, was er mit Altin Rrahimi besprochen hatte und dass er Herrn Vathi begegnet war. Niemand würde je erfahren, dass er ein Bombenleger war, den der Mut verließ und dessen Plan fehlschlug, niemand, dass sein Versagen, seine Angst, sein Mitleid mit den Kindern und den anderen Menschen im Flugzeug vergebens war, weil andere eine Tat ausführten, die viel schlimmer war als es seine Tat hätte werden sollen.

Die Erinnerungen an seine Zeit in Deutschland und an alles, was dort mit ihm geschehen war, wurden auch mit der Zeit nicht schwächer, ja, schließlich beherrschten sie ihn fast völlig. Anderes fand kaum Eingang in sein Denken und Fühlen. Nach und nach fand er auch den Faden, mit dem alles verknüpft war. Es würde weiter gehen. Ein neuer Skender würde ausgesucht, ein anderer Sami würde die Verbindung herstellen, wieder würde ein Bogdanovic ausgewählt werden, der den Hass schürt. Ein anderer Rrahimi würde sagen, dass dies alles ein Kinderspiel sei, und ein neuer Herr Vathi war dann der Pate.

Mit den Jahren wusste Skender immer weniger zu unterscheiden zwischen der Erinnerung an das, was wirklich vor sich gegangen war, und seinen Gedanken und Phantasien. Phantasierte er nur, wenn er sich in der Erinnerung mit der Reisetasche aus dem Flugzeug steigen sah, oder war er ohne die Tasche geflüchtet und hatte die Bombe in Wahrheit doch im Gepäckfach über seinem Kopf zurückgelassen? Alles hätte auch nur ein Traum sein können. Hätte er nicht ebenso träumen können, dass er in Köln mit der Tasche zum Flughafen fuhr und sie mit in die Maschine nahm? Vielleicht hatte er nur einen Traum gehabt, in dem er in einem Flugzeug saß?

Aber war es auch ein Traum, dass ihn eine der Stewardessen der neuen Crew so merkwürdig ansah, als er in Hamburg das Flugzeug verließ? So merkwürdig, als ob sie wüsste, dass etwas mit ihm nicht stimmte? Und hatte diese Stewardess nicht der jungen Frau ähnlich gesehen, die sie in den Zeitungen und im Fernsehen als einzige Überlebende des Absturzes wieder und wieder gezeigt hatten? Hatte sie nicht den Reportern im Fernsehen gesagt, dass sie einen jungen Mann aus der Maschine steigen sah, der ihr auffiel und der eine Reisetasche in der Hand trug? Aber vielleicht war er das gar nicht, oder er bildete sich nur ein, dass sie das war oder dass sie das gesagt hatte. Er konnte sie nicht aufsuchen und danach fragen.

Den Zerfall Jugoslawiens hat Skender Maksuti nicht mehr erlebt, nicht die Kämpfe auf dem Boden seiner Heimat, und auch nicht die Ausrufung eines unabhängigen Kosovo. Wenige Jahre nach dem Flugzeugabsturz ist er bei einem Verkehrsunfall gestorben. Die Leute fragten sich beim Begräbnis, warum fremde Männer kamen, die den Sarg schultern wollten. Zu Skenders Vater sagte einer von den Fremden, sein Junge sei ein Held gewesen.

Lang nach dem Ende des kalten Kriegs und der Kriege auf jugoslawischem Boden erhielt Maja Nadi´c einen Brief aus Deutschland. Der Absender bezeichnete sich als Luftfahrtexperte. Er hatte serbisch geschrieben. „Ich kann nicht serbisch. Ich habe den Brief zuerst auf Deutsch geschrieben und ihn dann übersetzen lassen. Ich hatte Sorge, Sie würden einen deutsch geschriebenen

Brief gar nicht erst lesen." Er habe schon ein Buch über schwere Flugzeugunglücke geschrieben und sich eingehend mit den Ursachen beschäftigt. Bei seinen Recherchen sei er auch auf die tschechischen Geheimdienstakten über Majas Absturz gestoßen.

Der Luftfahrtexperte behauptete, das jugoslawische Flugzeug sei nicht in Folge einer Bombenexplosion abgestürzt. Die Maschine sei von der tschechoslowakischen Luftwaffe abgeschossen worden. Die Piloten des jugoslawischen Flugzeugs seien aus unbekanntem Grund von ihrer Flugroute abgewichen und dabei über militärisch sensibles Gebiet gekommen, wahrscheinlich ein Atomwaffenlager. Sie seien daraufhin von Jagdfliegern der tschechoslowakischen Luftwaffe beschossen worden. Die Piloten der DC-9 hätten mit der getroffenen Maschine einen rapiden Sinkflug durchführen und eine Notlandung versuchen wollen. Das gehe aus den aufgezeichneten Gesprächen der beiden Piloten und den Daten des Flugschreibers hervor.

Augenzeugen hatten der Untersuchungskommission damals auch berichtet, sie hätten das Flugzeug noch vollständig gesehen. Da kann es nur noch wenige hundert Meter über dem Erdboden gewesen sein, denn die Wolkendecke war niedrig an diesem Tag. Die Maschine sei jedenfalls erst weit unterhalb von tausend Meter auseinander gebrochen, meinten seinerzeit die Sachverständigen. Ein Gerichtsmediziner sagte der tschechoslowakischen Polizei, er glaube, dass das Bordpersonal und die meisten Passagiere erst durch den Aufprall am Boden starben, weil keiner von ihnen Anzeichen von Verletzungen durch eine Explosion, einen Druckabfall oder das Auseinanderbrechen des Flugzeugs hatte.

Diese Ergebnisse der Untersuchungskommission seien geheim gehalten und nicht in den offiziellen Bericht übernommen worden. Die Geschichte von der Explosion und dem spektakulären Sturz der Stewardess Nadi´c sei erfunden worden, um von dem Skandal abzulenken. Doch räumte der Experte ein, dass es für einen Abschuss des jugoslawischen Flugzeuges keine Beweise gebe, nur Indizien. Entscheidende Dokumente seien vernichtet worden. Lakonisch fügte er abschließend noch hinzu: „Gleichzeitig mit meinem Brief an Sie, verehrte Frau Nadi´c, gebe ich eine Pressemitteilung gleichen Inhalts heraus."

Einen Tag später war die Nachricht in den Medien zu lesen und zu hören. Maja Nadi´c reagierte empört. Sie hielt an der offiziellen Version fest, wonach kroatische Nationalisten die Bombe in die Maschine geschmuggelt haben.

Judith verheiratet in Amerika

Als Judith mit ihrem Mann nach Amerika ging, war sie noch sehr jung, lebenslustig und erst kurz verheiratet. Judiths Mann war Angestellter einer großen US-amerikanischen Firma und baute Biogasanlagen. Die Firma war vor einiger Zeit von neuen Besitzern übernommen worden; sie gehörte jetzt einer noch größeren, einer deutschen Firma.

Die Firmenchefs in Deutschland hatten dafür gesorgt, dass deutsche Ingenieure in der amerikanischen Firma am Bau der Anlagen mitarbeiteten. So kam Judiths Mann in die USA. Er reiste durch die Staaten und baute Biogasanlagen für Amerikas Landwirtschaft.

Da der Hauptsitz der Firma in Chicago war, hatte Judiths Mann dort eine große Wohnung für sich und seine junge Frau gemietet. Aber Judith wollte nicht in Chicago leben. Sie schwärmte von Kalifornien. Ihr Mann sah darin kein Problem. Er war ja in einem fort unterwegs und doch nur alle paar Wochen einmal in seinem Büro.

Warum also sollte Judith nicht in Kalifornien leben, wenn sie das gern wollte?

Die Wohnanlage Menlo Park Estates lag am oberen Ende eines Tals in einer Senke zwischen den Hügeln nördlich von Los Angeles. Von der Hill Road war sie über eine eigene Zufahrt zu erreichen. Es war eine private Anlage mit Golfplatz, mehreren Tennisplätzen und einem Gemeinschaftsgebäude. Die etwa dreihundert Eigenheime standen auf gleich großen Grundstücken und entsprachen in ihrem Aussehen genau den Vorschriften, die in den Gründungsstatuten festgelegt waren. Die Häuser waren in hellem Ocker gestrichen, sie hatten runde Dachziegel aus Ton, hölzerne Fensterläden, eine überdachte Veranda, kleine Pinien im Vorgarten, hinter dem Haus Orangenbäumchen. Die grünen Rasenteppiche waren von niedrigen Mäuerchen umgrenzt. In der Vorstellung der Erbauer sollte ein Hauch von Toskana über den Villen liegen.

Eines dieser Häuser kaufte Judiths Mann für sich und seine Frau. Schaute man sich um, sah man noch eine Villa und daneben noch eine und noch eine. Die gesamte Anlage war von einem hohen Zaun umgeben. Judiths Mann fand, dass Menlo Park für seine Frau ein ebenso schöner wie sicherer Platz zum Leben sei.

Als Judiths Mann zum ersten Mal mit seiner Frau nach Menlo Park kam, fuhr er mit ihr hinauf auf die hohe Kuppe über dem Taleinschnitt. Von dort hatten sie Sicht auf den Pazifik nach der einen Seite und auf das lange grünbraune Rückgrat der Santa Monica-Berge nach der anderen.

Hier herauf kam Judith auch später oft. Nach den Regengüssen blühte der Senf und überzog die Hügel mit seinen gelben Blüten. Später, in der langen Hitzeperiode, waren die Kräuter vertrocknet. Die stets wiederkehrenden Buschfeuer hatten hier und da verkohlte Hänge hinterlassen. Von der Höhe konnte Judith unter sich am Hang die roten Ziegeldächer von Menlo Park sehen. Im Norden und Osten lag das San Fernando-Tal, eine einzige riesige Ebene aus parallelen Boulevards, Einfamilienhäusern, kleineren Einkaufszentren. Im Süden erstreckte sich endlos der Rest von Los Angeles. In der Nacht dröhnten hier oben die Zikaden, ein lauer Wind blies vom Pazifik die Hügel herauf und vertrieb die Hitze des Tages. Sogar Sterne waren zu sehen durch den Dunst des Lichtsmogs.

Judith wohnte nun hier. Monatelang lebte sie allein in dem großen Haus. Sie fühlte sich einsam. Sie hatte sich alles anders vorgestellt. Nicht dieses Alleinsein, nicht diese Menschen in ihrer Nachbarschaft. Die Amerikaner, die hier wohnten, waren gewiss freundliche und hilfsbereite Leute. Aber sie hatten andere Vorstellungen vom Leben als Judith. Die Nachbarn waren zumeist Ehepaare mittleren Alters mit Kindern. Die Frauen unterhielten sich untereinander über ihre Familie, über Kindergarten, Schule, Einkaufen, Mode, Fernsehen, ihre Männer, die Haustiere, Hunde und Katzen. Die Männer waren tagsüber weg und sprachen sonst über ihre Jobs, das Geldverdienen, den Sport.

Das wichtigste Gesprächsthema zu der Zeit war aber ein anderes. Man redete über *das Tor* und *die Mauer*. Die Salvadorianer, die Mexikaner und die Schwarzen, die Vergewaltiger, Einbrecher, Bettler und Autodiebe, über die sie beim Frühstück im Lokalteil der Zeitung lasen, machten den Leuten in Menlo Park am meisten Sorgen. Warum hatten sie denn die weite Fläche des San Fernando-Tals und die Hügel der West Side verlassen, warum wollten sie hier oben leben, außerhalb der Stadtgrenzen und inmitten einer traumhaften Landschaft, wenn sie sich nun auch hier mit diesen leidigen Dingen konfrontiert sahen?

Aufgestachelt durch Zeitungsberichte und Fernsehnachrichten war die überwältigende Mehrheit dafür, die Anlage mit einer hohen Mauer einzufrieden, in deren Zementkrone scharfkantige Glassplitter eingegossen werden sollten. Die Einfahrt in die Anlage wollten sie durch ein Tor sichern und rund um die Uhr bewachen lassen.

Aber nicht alle waren dafür. Einige fürchteten die Kosten. Andere sagten, sie wollten eine offene Gemeinschaft. Sie wollten nicht in einer Gegend wohnen, wo man jemandem die Zufahrt verweigert, nur weil er nicht so ein großes Haus hat und kein so schickes Auto fährt wie man selbst. „Wir sind ein freies Land!" sagten sie. Was sollte wohl als nächstes nach Tor und Mauer kommen: Armbänder zur Identitätskontrolle? Metalldetektoren? Absurd!

Judith stand dem allem nicht gleichgültig gegenüber, aber sie wusste, dass es auf sie, die Fremde, nicht ankam. Sie stellte sich vor, wie es sein würde, wenn sie sich gegenüber irgendeinem Blödmann in einer Uniform ausweisen müsste; wenn sie besondere Vorkehrungen treffen sollte, falls Bekannte zu Besuch kämen oder sie ein Päckchen erwartete.

Aber Judith hatte noch keine Bekannten und erwartete nur selten ein Päckchen. Sie dachte an ihre Heimat, an die Wohngegend am Ortsrand, in der sie aufgewachsen war, an die zaunlosen Wiesenflächen, auf denen sie mit anderen Kindern sorglos gespielt hatte, an die grünen Wälder, wo sie im Sommer Moose, Frösche und Eidechsen entdeckt hatte.

Der Sommer in der Umgebung von Los Angeles war ungewohnt heiß, der Herbst in den ausgeglühten Hügeln bloß eine Fortsetzung des Sommers, nur noch heißer und trockener. Das war die Jahreszeit, in der Judith die größten Probleme hatte. Bis November oder Dezember fiel kein Regen mehr, nur die Morgennebel trugen ein bisschen Feuchtigkeit vom Meer herüber. Sie fand keinen Gefallen an Temperaturen von knapp vierzig Grad, an den wenigen Prozent Luftfeuchtigkeit und dem sengende Wind, der feine Körnchen von zerriebenem Sandstein in ihre Nasenlöcher und Augen trieb.

Bei allem war Judith hier einsam und fürchtete, bald so spießig und langweilig zu werden wie ihre Nachbarn. Und sie hatte Heimweh nach Deutschland. Ihr Mann aber reiste durch die Staaten und baute Biogasanlagen für die amerikanische Landwirtschaft. Er baute liegende und stehende Fermenter, Fermenter für Gülle und Fermentationsanlagen für Energiepflanzen, Blockheizkraftwerke und Gemeinschaftsbiogasanlagen.

Er blieb wochenlang, ja monatelang fort. Und wenn er mal vorbeischaute, war es nur kurz. Er brachte bergeweis Unterlagen mit, die er durcharbeitete, und danach war er meist so ermüdet, dass er alsbald einschlief, wenn Judith mit ihm zu reden versuchte. Oder etwas anderes von ihm wollte. Dann war er wieder fort.

Er schrieb lange E-Mails an seine Frau.

„Damit Du weißt, was ich so tue, will ich Dir einiges erklären", schrieb er. „In der Kofermentationsanlage, die wir gerade bauen, können die verschiedensten Rohstoffe verwertet werden: Schweine- und Rindergülle, Hühnerkot, Bioabfälle, Fette aus der Gastronomie, Klärschlämme. Das Gas wird entschwefelt und getrocknet und zur dezentralen gekoppelten Strom- und Wärmeerzeugung genutzt. Es ist eine Anlage ganz ähnlich wie die, die wir im Niederbayrischen gebaut haben und für die Du Dich damals so sehr interessiert hast."

Judith langweilte das Lesen der Mails. Sie konnte sich auch nicht mehr an die Anlage im Niederbayrischen erinnern geschweige denn daran, dass sie sich überhaupt jemals für Faulprozesse oder Biogasaufbereitung interessiert hätte. Sie ging dazu über, die Mails zu löschen, nachdem sie sie kurz überflogen hatte.

Judiths Mann hatte kein Problem damit, dass sie sich am Temple College einschreiben wollte. Er war mit ihren Studienplänen einverstanden und bereit, zu zahlen. Das College hatte angeblich einen guten Ruf, war aber höchst mittelmäßig ausgestattet. Es war deshalb auf Studenten angewiesen, deren Eltern die vollen Studiengebühren bezahlen konnten. So war Judith im Temple College höchst willkommen. Sie brauchte auch nicht in eines der Studentenwohnheime auf dem Campus zu ziehen, sondern konnte mit ihrem VW Golf zwischen Menlo Park und dem College pendeln. Sie belegte verschiedene Kurse und Vorlesungen über Amerikanistik, die sie am Ende ihres ersten Semesters erfolgreich abschloss.

Außerdem lernte sie Jim kennen. Sie besuchten dasselbe Proseminar. Sie wurde dadurch auf ihn aufmerksam, dass er ständig den Namen eines Autors falsch aussprach. Aber sie stellte rasch fest, dass er ein ganz netter Bursche war. Bald trug Jim im Seminar dann schon mal Judiths Overall und Judith ein T-Shirt, das offensichtlich Jim gehörte. Man konnte zusehen, wie die beiden auf ihren Stühlen herum lümmelten und Jim einen Arm über Judiths Beine legte und an ihrem Knie herumfummelte. Oder wie Judith versuchte, Jim zu kitzeln, was er mit einer Hand abzuwehren versuchte, während er mit dem Zeigefinger der anderen in die nackte Haut ihrer Taille stupste. Man konnte auf dem Campus beobachten, dass Judith ihren Arm um Jims Hals geschlungen hatte, ihre

Hüfte eng an die seine gepresst; sie war rot im Gesicht, verschwitzt und von irgendetwas beschwipst.

Im zweiten Semester belegte Judith das Proseminar über Intercultural Communication. Der Dozent war Ed Hamilton, ein junger Mann von etwas mehr als dreißig Jahren. Eine Anstellung auf Lebenszeit hatte man ihm versprochen, aber noch war es nicht so weit. Er hatte vermögende Eltern, die sehr stolz auf ihn waren und ihn finanziell großzügig unterstützten. Bis vor kurzem war Ed mit einer jungen Romanistin liiert; dann hatte sie ihm den Laufpass gegeben. Im Proseminar hatte Judith bald das Gefühl, dass Ed Hamilton sich für sie interessierte. Ihre Antworten auf seine Fragen schienen ihm zu gefallen, und sie verstrickten sich immer wieder in Diskussionen, denen die anderen Seminarteilnehmer nur passiv folgten. Dann wiederum verhielt er sich auffällig distanziert ihr gegenüber und beachtete ihre Wortmeldungen nicht, ja, er schien sie gänzlich ignorieren zu wollen.

Eines Mittags erkannte Judith vor der Mensa Ed Hamilton in der Menge, die nach dem Essen herausströmte. Sie drängelte sich zu ihm durch und drückte ihm mit einem verlegenen Lächeln eine der kurzen Hausarbeiten in die Hand, die im Proseminar jede Woche zu schreiben waren. Wenige Tage später entdeckte sie Ed Hamilton im Lesesaal der Bibliothek, vertieft in seine Bücher. Wie beiläufig ging sie an seinem Platz vorbei und ließ einen kleinen Zettel auf

177

seinen Tisch gleiten, auf dem sie ihn wissen ließ, dass sie ihn draußen in der Halle erwarte und ihn sprechen wolle. Er kam heraus, und da ihr nichts anderes eingefallen war, sagte sie zu ihm, dass sie gerade William Faulkner lese und ihr *Licht im August* sehr gefallen habe.

Judith wusste natürlich, dass es strenge Richtlinien für Kontakte zwischen Dozenten und Studenten am College gab. Deshalb war sie Ed Hamilton auch nicht böse, dass er sie nicht fragte, ob sie ihm am Valentinstag den Strauß Rosen vor seine Bürotür gelegt habe. Und sie verstand auch, dass er sie danach im Seminar ein bisschen seltener aufrief als andere.

Bei der letzten Seminarsitzung vor den Ferien war es heiß. Alle, nur Judith nicht, waren froh, dass die Wanduhr halb drei zeigte. Sie hätten jetzt die Anforderungen für den Grundkurs Kulturwissenschaften erfüllt, sagte Ed Hamilton. Er wünsche ihnen einen schönen Sommer. Die Glocke läutete, und das Semester war zu Ende. Ed war so schnell weg, dass Judith ihm nicht mehr sagen konnte, wie sehr ihr sein Seminar gefallen habe.

Für das Herbstsemester nahm Judith sich vor, ein weiteres Seminar bei Ed Hamilton zu besuchen. Es hatte noch nicht begonnen, als Judith eines Nachmittags vor der Wohnung Hamiltons auf dem Campus erschien. Sie brachte ihm einen Teller mit rosa glasiertem Mohnkuchen mit. Etwas unbeholfen fragte er sie, warum sie ihm Kuchen brächte. Sie habe gedacht, er müsse unbedingt etwas von ihrem Selbstgebackenen versuchen. Er könne damit machen, was er wolle. Sie breitete ihre Arme ein wenig aus, drehte sich um und tänzelte leichtfüßig den Gartenweg zurück, den sie gekommen war.

Eine Woche später ließ sich Judith am Halloween-Tag von Ed Hamilton erwischen, als sie eine Schachtel Pralinen vor seine Bürotür stellte. Sie wolle bloß nett sein, sagte sie, als Hamilton sie nach dem Grund fragte. Dann ging sie die paar Schritte, die sie schon weggegangen war, wieder zurück. Sie habe gedacht, er sei vielleicht jemand, mit dem sie reden könne, sagte sie. Sie stand nun direkt vor ihm in der Tür, er wich nach rückwärts in sein Büro aus, sie spazierte durch seine geöffnete Bürotür, bis sie wieder dicht vor ihm stand. Er hatte die Arme fest über der Brust verschränkt. Sie brauchte kaum die Hand auszustrecken, mit der sie zärtlich über seinen bloßen Unterarm strich. Sie hörte ihn etwas von Regeln sagen, es gäbe Regeln, aus gutem Grund. „Das sind bescheuerte Regeln", antwortete sie, „wenn einem jemand etwas bedeutet!" Sie umarmte ihn ganz plötzlich, küsste ihn auf den Mund und war zur Tür hinaus.

Drei Tage waren vergangen. Judith ließ sich von Ed abends in seine Wohnung einladen, sie kochten zusammen, sie tranken einen fabelhaften Wein, und dann liebten sie sich. Für Judith war es aufregend und romantisch, sie hatte das lange vermisst. Es schien ihr, dass auch Ed seine Bedenken wegen der Regelverletzung wenigstens vorrübergehend über Bord geworfen hatte. Aber sie spürte doch seine Anspannung, seine ständige Sorge, einer seiner Nachbarn könnte zufällig Zeuge werden, wie er schamlos die geltenden Regeln für Kontakte zwischen Lehrkörper und Studenten verletzte. Deshalb schlug sie ihm vor, an den Abenden mit ihr hinauf nach Menlo Park zu fahren. Sollten ihre Nachbarn denken was sie wollten. Für die war sie sowieso Gesprächsthema. Und ihr Mann würde nichts erfahren, den kannte man kaum in der Siedlung.

Tage später wurde Judith von Ed Hamilton förmlich in sein Büro bestellt. Er bat sie zu vergessen was gewesen war. Er habe nachgedacht. Er habe sich wieder in der Gewalt. Eine sexuelle Beziehung zwischen ihnen sei doch sehr unangebracht. Er riskiere seinen Rausschmiss aus dem College und seine ganze weitere Karriere. Er wüsste auch gar nicht, wie er die viele Arbeit mit der Vorbereitung seiner Seminare und Vorlesungen und den Bergen nicht korrigierter Hausarbeiten und Klausuren mit einer Liaison vereinbaren solle. „Und außerdem bist du doch eine verheiratete Frau."

Zwei Wochen waren seither vergangen. Jim strahlte über das ganze Gesicht, als sich Judith in der Mensa mit ihrem Essenstablett zu ihm an den Tisch setzte. Sie hatte ihn seit einiger Zeit gemieden, wie ihm schien, und er hatte keine Erklärung dafür gehabt. Nun fragte sie ihn gar, ob er nicht mal mit ihr hinauf fahren wolle in die Hügel! Von Menlo Park aus könne man gewiss Streifzüge in die Berge machen. Allein traue sie sich das nicht, wegen der Latinos und anderer Typen, die manchmal in den Hügeln herumlungerten mit wer weiß was für Absichten.

Judith fühlte sich befreit und erleichtert, während sie mit Jim durch das Hartlaubgestrüpp bergauf ging. Zu Judiths Erstaunen kannte Jim die Namen vieler Pflanzen. Einige zähe, ausdauernde Exemplare waren darunter, denen die lange Hitzeperiode wenig anhaben konnte. Jim erzählte, dass sie Gifte in den Boden absondern, um die Keimung von konkurrierenden Gewächsen zu unterdrücken. Jim wusste, dass sie mit ihren Harzen parasitische Insekten umschließen; in einigen tausend oder Millionen Jahren würde Bernstein daraus werden. Diese Sträucher trieben nach den immer wiederkehrenden Buschfeuern stcts aufs Neue aus. Jim warnte Judith vor Taschenratten, Skorpionen und Klapperschlangen. Als es Abend und Nacht wurde, ertönte der leise Ruf der Sumpfohreule. Und dann hörte Judith etwas, was sie für eine Sirene gehallten hätte, wenn Jim es nicht besser gewusst hätte, ein hohes, lang hingezogenes Glissando von Tönen: den Chor der Coyoten. Und sie hatten das Gefühl, dass all dies nur für sie da sei, zumindest in dieser Nacht.

Alles lief gut mit ihr und Jim, bis er die Idee mit den Drogen hatte. Damit kannte sich Judith überhaupt nicht aus. Aber es war ihr nicht entgangen, dass es für viele Studenten am College kaum eine Droge zu geben schien, die sie nicht ausprobiert oder von der sie zumindest gehört hatten.

Jim schlug vor, sie sollten sich zuerst Psilocybin aus mexikanischen Zauberpilzen besorgen. Was das denn bewirke? Sie werde schon sehen.

Erst geschah gar nichts. Nach einer halben Stunde setzte die Wirkung ein. Die Außenwelt verwandelte sich fremdartig. Judith sah nie gesehene Motive und Farben. Auch Jim veränderte sich. In seiner Nacktheit verwandelte sich sein steifes Glied in ein Messer aus Obsidian. War er ein aztekischer Krieger oder Opferpriester?

Zum Höhepunkt ihres Rausches hin wurde der Ansturm der Bilder stärker, und Judith wurde in diesen Wirbel aus Formen und Farben hineingerissen und löste sich vollkommen darin auf. Sie konnte nicht sagen, wie lange dieser Zustand anhielt. Das Wiedereintreten in die gewohnte Wirklichkeit empfand sie wie eine beglückende Rückkehr aus einer fremden, als ganz real erlebten Welt in die altvertraute Heimat.

Nach den ersten Malen spürte sie noch keine Nachwirkungen. Dann aber folgten Schwindel, Übelkeit und Erbrechen. Sie weigerte sich, die Zauberdroge weiter zu nehmen, und wollte auch nicht, dass er das tue. Darüber gerieten sie in heftigen Streit. Als Jim sich dann über ihren Wunsch hinwegsetzte, waren ihr seine sexuellen Attacken, all sein Gedrücke, Gefummele und Gestoße zuwider, und sie fühlte sich wie ein Stück Fleisch, das er benutzte. Danach war es zwischen ihnen nie mehr wie zuvor.

Judiths zweites Jahr in Amerika war vergangen. Ihr Mann hatte immer wieder versprochen, bald mit ihr nach Deutschland zurückzukehren. Aber es geschah nicht. Auch im dritten Jahr war er damit beschäftigt, für die amerikanische Firma Biogasanlagen zu bauen. Er kam immer seltener nach Menlo Park, und Judith wartete weiter darauf, dass sie heimkehren konnte, heim nach Deutschland. Am Ende des dritten Jahres sagte er ihr, nun käme er für ein, zwei Wochen nach Hause. Dann müsste er nur noch einmal fort, und dann könnten sie reisen, das sei gewiss.

Am Abend seiner Ankunft aß Judith zum ersten Mal seit langem mit ihrem Mann. Er lächelte sie an, sie lächelte zurück. Er sprach amerikanisch. Er redete über die großen amerikanischen Städte, über die Wildnis Alaskas, er erzählte von Hawaii und Honolulu, von Maine, Mexiko und Montana. Judith staunte, sie kam sich klein und unwissend vor. Er redete über die Anlagen, die er gebaut hatte. Er gebrauchte viele technische Ausdrücke, die sie nicht verstand. Er redete davon, wie sehr alles von ihm abhinge, wie er gebraucht würde und wie man ohne ihn nicht zurecht käme.

Sie fand, dass er sich verändert hatte. Er trank das Bier direkt aus der Dose, sein Glas benutzte er nicht. Er aß die Pizza und das Grillhähnchen mit den Händen, mit dem Handrücken wischte er sich das Fett vom Mund. Sie fand das abstoßend. Dann sagte er, sie hätten nun Aufträge in Argentinien. Argentinien, das sei seine letzte

Station. Dann würden sie zurück gehen, nach Deutschland. Judith verspürte nur noch Enttäuschung und Wut.

Nach dem Essen setzte sie sich an ihren Schminktisch und machte sich schön. Sie zog ein enges Kleid an, das die Reize ihres jungen Körpers verführerisch zur Geltung brachte. Ihre Haut war samtig und makellos gebräunt. Sie ging zurück in den Wohnraum. Ihr Mann sah sie an. „Du bist aber fülliger geworden", bemerkte er missbilligend. Das Lächeln wich aus ihrem Gesicht. Später fragte sie sich, welcher Teufel sie in jenem Moment geritten hatte, als sie erwiderte: „Ja, ich bin schwanger."

Der Mann sank in seinen Sessel zurück, er starrte sie an. Er wollte wissen, in welchem Monat sie war. Er schien nachzurechnen. „Das kann nicht sein", sagte er, zu der Zeit sei er für länger auf Reisen gewesen. Und überhaupt, sie hätten doch immer verhütet! Und es sei nie über einen Kinderwunsch gesprochen worden. Dann, nach einer Pause, ob sie einen Liebhaber hätte? „Ja, das muss es sein, ein Liebhaber!"

Ob es einer dieser Collegeboys sei, wollte er wissen. Sie zögerte mit einer Antwort. „Oder, oder …? Dieser Dozent, dieser Hamilton, von dem du mir geschrieben hast!" Sie solle nur weiter schweigen, „ja, ich werde es schon herausfinden, auch wenn du mir nichts sagen willst!" Dann sprang er auf, griff nach seinem Handy und wählte hektisch eine Nummer. Jemand meldete sich. Nun redete er, wieder in breitem amerikanisch, laut und stoßweise mit dem Mann am anderen Ende, er lief erregt auf und ab, die beiden Männer diskutierten heftig.

Judith konnte nicht viel verstehen, aber doch so viel, dass von Hurerei, von zur Rede stellen, von fertig machen gesprochen wurde. Der Unbekannte schien ihren Mann beruhigen zu wollen, sichtlich ohne Erfolg.

Ihr Mann brach das Telefonat ab, fragte: „Wo find ich den?" Als sie nicht antwortete, rannte er in ihr Zimmer, schnappte sich ihr Adressbüchlein und hatte schnell gefunden, was er suchte. Er rannte aus dem Haus, sie hörte den Motor des Golf aufheulen. Dann war Stille.

Judith saß wie betäubt auf ihrem Stuhl, sie hatte plötzlich eine unsägliche Angst, war nicht fähig zu einem klaren Gedanken. Als sie schließlich aufstand, wusste sie nicht, wie viel Zeit vergangen war, seit ihr Mann das Haus verlassen hatte. Sie wählte Hamiltons Nummer. Eine unbekannte Stimme fragte sie nach dem Grund ihres Anrufs. Sie legte den Apparat beiseite.

Als sie später auf der Couch im Wohnzimmer erwachte, graute schon der Morgen. Ein stürmisches Läuten an der Haustür, das sich nicht abweisen lassen wollte, hatte sie geweckt. Zwei Männer standen vor der Tür, der eine in der Polizeiuniform des Staates Kalifornien, der andere mit Hut und im Trenchcoat, am Revers baumelte sein Ausweis, Staatspolizei.

Sie kamen herein. In ungeschickten Worten teilte der Mann in Zivil mit, dass ihr Mann kurz nach Mitternacht tot in der Wohnung von Ed Hamilton aufgefunden wurde. Vermutlich war er gestürzt und mit dem Kopf unglücklich auf die Kante des Couchtisches aufgeschlagen. Offenbar gab es davor eine heftige und lautstarke Auseinandersetzung. Ein Nachbar wurde aufmerksam und alarmierte Polizei und Ambulanz. Hamilton war vorläufig festgenommen. Die Herren bezeugten ihr Beileid, und sie hatten einige Fragen.

Danach blieb Judith nur noch wenige Wochen in Kalifornien. Den Verkauf ihres Hauses übertrug sie einem Immobilienmakler. Mit der Abwicklung der anderen Angelegenheiten beauftragte sie einen Rechtsanwalt. Dann packte sie ihre Koffer und kehrte zurück nach Deutschland.

Nun stand Judith wieder in der Tür ihres Elternhauses. Es war Winter. Draußen war es grau und weiß und rein gefegt von frischer, kalter Luft. Das Innere des Hauses war voll von längst vergessen geglaubten Gegenstände, Gerüchen, Farben, war erfüllt von vertrauten Stimmen und Bewegungen. Ihre Ehe und Amerika lagen hinter ihr.